提香·照鏡的維納斯

# 穿毛皮的維納斯

# 受虐慾的愛情羅曼史—導讀

「若不是為了讓一位小女人留下印象，（男）人又為什麼要精通科學與藝術呢？」
「男人慾求、女人被慾求，這正是女人在愛的世界裏絕對的優勢。」

——《穿毛皮的維納斯》摘句

到要開始思考我該說些什麼來講述、說明這本書的時候，冒上腦海的第一句話便是：愛的感覺難免帶著一點痛楚，好像追求理想的過程，也要多少帶著一點痛苦。

這本書關於陷入情網的男子如何追求一個他心目中的女神、熱切而且不厭其煩地請求她做他情慾與生命的主宰——為了愛情的緣故——讓對愛的「臣服」如同對生命的臣服一樣真切，這樣一本關於愛情與受虐慾求的、色彩繽紛的故事書，彷佛在說：在這個溫柔匱缺的冷酷世道裡，每一個求愛之人都是他自己的理想主義者——這也就是法國後現代主義哲人德勒茲（Gilles Louis René Deleuze，一九二五年一月十八日—一九九五年十一月四日），在分析「施虐受虐症／Sadomasochism」也就是俗稱「SM」的專著《受虐主義》（Masochism）書中，藉著你現正準備捧讀的這本《穿毛皮的維納斯》所想要告訴我們的話。

《穿毛皮的維納斯》是這樣一本經典：它是SM當中那個「M」（Masochism）字的字根——是奧地利歷史學家馬索克（Leopold Ritter von Sacher-Masoch，一八三六年一月二十七日—一八九五年三月九日）關於受虐慾望的、可能也就是帶著一點自剖性質的代表性著作。在一般的意義上，它不單表達了我們稱之為「受虐主義者／Masochist」（精神醫學可能稱之為受虐症或受虐狂）的一種特殊的情慾狂想，在描述浪漫愛情的羅曼史文學而言，也有著非常另類的意義與獨特的表達方式。在故事中他以一男性求愛者的角度，敘述故事的主角與他的維納斯女神汪妲相遇、進而熱烈追求，以繁複的話語、富麗的情書、廣博的知識掌故與歷史用典，不是說服她像別的情人一樣溫柔地愛他，也並不是要求她如一個被愛征服的小女人一般地仰慕或崇拜他，而是說服她像冷冽而嚴酷的女暴君，盡情鞭笞、踐踏、奴役他。

故事中的女主角汪妲，一如所有受追求的女人一般猶豫不決、疑疑惑惑，乃至終於接受了男主角的勸服，成為男主角所日思夜望的那樣一名暴虐的情人，致使我們的男主角受盡折磨與苦難之時，故事卻還走不到這個旅程的終點，不若其他文學史上追尋理想激昂澎湃的英雄故事，這個「受虐狂」主角的旅途以一種對理想本身毀壞性的幻滅收場：弔詭地，原本信奉受虐慾浪漫主義的男人，在經歷情人／女神毫不留情地遺棄、並轉而臣服於一肉身與慾力一樣健壯、粗魯卻奔放、原始而直覺的對象之後，承受那看著女神自願「降格」為女人，同時移情別戀的雙重背叛，遂反而那被糟蹋一地的、求愛不得的渴慕心意，一夕全數敗壞成了一個愛的犬儒者，彷彿重新對現實激烈地投降，義無反顧走向那服從「做一個男人」之律令的甬道，帶著愛情被摔碎一地的憤恨，全心學習「帶鞭子去女人那裏」的、愛情中的權力規則，而，終於，怎麼說呢，「（從受虐慾中）痊癒了」。

如此，愛情是可痊癒的病，如同受虐慾也是。——可能是因為電影「鵝毛筆」的關係，可能是因為眾多SM社會新聞夾帶許多專家意見的關係，許多人都知道「SM」這個字眼的全稱「Sadomasochism」與知名的性虐待鉅著《索多瑪一百二十天》的作者薩德侯爵（Marquis de Sade）有關，他是十八世紀遭受禁錮的法國貴族、一系列大膽而駭人的色情哲學書系的作者，同時是「施虐狂（Sadist）」這個字的字根；但馬索克的這本《穿毛皮的維納斯》相對而言似乎就較少為人知曉，也因此對一般社會大眾而言，「受虐狂」與「施虐狂」相較之下，仍帶著更神祕些的色彩——其中一個原因也許是，我們已經習慣了認定所謂人性的偏好是自利與掌權，便容易覺得「虐待狂」儘管看起來好變態，好歹也是種比較可理解的變態，那麼「受虐狂」到底是怎樣一種奇怪的變態，就顯得有些難以想像、甚至羞於啟齒問。

在這種情況下，《穿毛皮的維納斯》可能就是一則色彩豐潤的告白與示現，德勒茲用一個有趣的開場做為分析的起點，那便是：我們的現代醫學史上，也許再也沒有一種疾病是如同「薩德與馬索克病／虐待被虐症」一般，是以「史上最偉大／病得最重的該病病人」來命名的，甚且更特殊的是，這兩名「最偉大的病人」同時也是最為雄辯滔滔的臨床醫學家，他們就是最了解這個疾病的因由與一切細節的人。

把他們稱做「病人」在此顯然應該要有些反諷的意含，因為他們同時還可能（事實上也就是）偉大的作家與哲學家；做為「對自己疾病了解最透徹的臨床醫生」，他們的作品中那些滔滔演辯在許多意義上都不只是單純內在情慾的自剖，還包含了透過描畫內心情慾風景而透露的現實感與人生觀，是因為如此，我們不能將薩德或馬索克的作品當成真正的色情或情色文學來閱讀，尤以我們手上的這本維納斯而言，它其實是一個受虐慾的浪漫主義者所精心調製、綿延不絕的情書體。

與薩德明顯不同，薩德的作品當中儘管殘虐情節充斥而使他的名諱覆上了一層禁忌而神祕的色彩，但純以作品而論，薩德的語言卻其實總是在絕對理性、冷血、單調而無底限、無比冗長的淫虐過程當中，解消了所有滑膩的、感官上觸動人的任何肉體元素，使人讀來沉重、疲倦、不耐；與之相較，馬索克話語則相對精緻、如《穿毛皮的維納斯》這樣的書名所透露的意象質感：故事中的窗外總是白雪紛飛，毛皮內的維納斯總是裸體、總是易於受寒、打著噴嚏而將那美麗的獸皮在自己雪白的身上裹得更緊，她總是冷凝地背向主角對鏡顧盼生姿，毛皮內的女神絕少將眼光望向故事中為愛所困的男主角，受虐慾的浪漫不在乎愛與慾的滿足，而在那往覆窺看、表白與推拒的距離之間，在那不斷延後彷彿永遠也不會到來的性的懸置的過程中，吞噬一種永不能解消的渴、無盡地重溫那渴的熱度，讓無法饜足的慾念在無限度的延宕之中被無限度地放大，乃至每一個肉身與情感的細節都在愛的官能裡反覆震顫。

其實若是將本書當成一個了解受虐慾這種特殊情慾狀態的文本，反而會意外發現許多在所謂「受虐慾」情態之外的東西，在《受虐主義》一書中，德勒茲就帶著一點讚頌意圖地，將受虐慾本身分析為就是一種理想主義，這不單單只從馬索克的諸多「真正的」愛國或英雄主義作品中得來的印象——所有的英雄史詩與愛國者故事當中，都有一個獻祭般在追尋理想的過程中受磨難的主人翁；而與薩德的另一個不同點則也在此：如果薩德在文學史中總或多或少地佔據著一個「惡名昭彰」的地位，那麼馬索克的文學則相對而言就顯得更易屬於莊嚴雅緻、更受尊崇的「精緻文學」的類屬，這不單單因為馬索克本人確實就是一個備受尊重的歷史學家的緣故，也還關於他的寫作所使用的語言、那些精心布置的意象，華麗的宮殿、柔軟的布幔、窗影與燭光，這些充滿感官細節的明暗對比、色彩紛陳的柔潤世界——肉慾畢竟還是感性的。

馬索克筆下所描述「受虐慾疾患」的主人翁因此從來都不會是真正的色情狂，也從來不曾成為像薩德筆下那些無愛無感甚且連情慾也無，幾至喪心病狂的罪犯們，受虐慾的男主角只會是柔韌、絮絮叨叨的為情所困者——所不同的僅是他們慾求一個愛情裏的主宰，慾求臣服、慾求交託、慾求愛的痛楚，而把痛楚當成浪漫本身，當成獻祭也是愛的意義本身。

因此，把「受虐慾」當成一種病，毋寧只是暴露了我們這個道貌岸然、平鋪直敘的現實世界，是多麼的貧瘠而無當，在馬索克的另外一本小說《離婚婦女》當中，他借主人翁之口告誡我們：「要裝上翅膀，往夢境的方向逃逸。」往夢境的方向逃逸——德勒茲提醒我們，每一個受虐狂都是一個發夢者，他們是在現實世界中演練夢的人，他們不要這個現實世界做他們的主宰，他們要去「找到」他們自己的主宰。

一個受虐狂從來不是一個被動承受的人，他們主動而熱烈地向世界以目光探尋、以情感鎖定、以話語獵捕他們的「對象」，他們用豐沛的知識還有綿綿情書勸服那些對象，迫使她跟他一起移動，進入他的夢中，成為他夢中的那個角色，而不再是現實中的她自己。所以他們也是魔術師，戮力於把一個他愛上的女人「變成」一個他夢中之女神的工事，直到愛情也成焦土的那日，現實歸位，再執起「男性權柄」的鞭子，回到這乏味的權力秩序當中來——在這個敘事之中，現實的權力秩序是一個追尋的旅程幻滅與失敗之後的結局。而當真有那樣的一日，一個受虐症患者「痊癒」了，世界又多了一個被閹割了想像力與愛情之最初能量的犬儒者——但是這個鬥爭不會結束，每一個受虐狂心中都有一個小宇宙、每一個耽溺浪漫愛情的「患者」、每一個理想主義者，無論他們被現實閹割了多少次，他們內心的小宇宙都就是會燒起，他們還會回來。

「你像一場熱病襲捲我」，不確定是哪裏讀過的句子。青春年少之時、為愛發夢之時，我們也曾用一次次的「陷入愛」做抵抗所有現實統治的最壯烈的理由。我認為，每一個曾與愛情相遇的人都能理解這本書，我們、我，或許都不是真正的受虐狂，但是也或許都有那麼一點點是這個「受虐狂」。

黃詠梅——東海大學社會學碩士。台灣第一位以施受虐慾為研究主題者。

# 利奧波德・馮・薩克-馬索克生平簡介

利奧波德・馮・薩克-馬索克一八三六年出生在奧地利加利西亞省的倫堡。他有著西班牙、德國以及斯拉夫血統。據說其家族的開創者名叫堂・馬提亞・薩克，這位年輕的西班牙貴族在十六世紀的時候到布拉格定居。

小說家的父親曾是倫堡的員警長官，母親夏洛特・馮・馬索克則是一位有著貴族出身的俄羅斯女士。小說家本人是家中的長子，在父母婚後的第九年出生，幼年時曾因體弱多病而被認為不可能活下來。然而，在母親將他交由一位健壯的俄羅斯農婦哺養之後，他的身體狀況開始好轉。馬索克後來說，從這位農婦那裏他獲得的不僅是健康，還有他的「靈魂」；從她那裏，他聽到了俄羅斯民族那些奇怪又憂鬱的傳說，並且終其一生都懷抱著對俄羅斯的熱愛。

還是個小孩子的時候，馬索克就目睹了一八四八年大革命的血腥場面。十二歲的時候，馬索克全家移居到布拉格，在那裏，這個早熟的孩子才第一次接觸到了德語，並且熟練地掌握了這門語言。在很早的時候，他就發現了使他日後的小說與眾不同的那種氛圍以及一些尤為個性化的元素。

探究那些強烈影響了他在有關於性方面奇特想像力的啟蒙元素會是一件令人很感興趣的事情。還是個孩子的時候，他就被那些表現殘酷野蠻的事物所吸引，他喜歡凝視描繪行刑場面的畫作，關於殉教者傳奇的作品是他最愛的讀物，並且在青春期開始的時候，他就時常夢到自己被枷鎖束縛，處在一個折磨他的粗魯女人的掌握之中。根據一位匿名作者的說法，加利西亞的女人們要麼徹底奴役他們的丈夫，要麼自己就淪為悲慘的奴隸。

而據謝裏切特格羅[1]的記述，十歲的利奧波德就曾目睹過某位澤諾比亞伯爵夫人——來自他父親方面的一個親戚——扮演了前者的角色，這一場景也在他的腦海中留下了難以磨滅的印記。伯爵夫人是個美麗而放蕩的女人，小馬索克仰慕她，對她的美貌和她所穿著的昂貴的毛皮大衣印象深刻。她也接受了他的愛慕和一些小殷勤，有時候還讓他幫著穿衣打扮。

一次，當他跪在她前面為她穿上貂皮拖鞋的時候，忍不住親吻了她的腳；伯爵夫人笑了，踢了他一腳，這讓馬索克感到很大的愉悅。而不久之後發生的一幕則更是深深地影響了馬索克的想像力：當時他正和妹妹們玩捉迷藏，他把自己藏在伯爵夫人臥室的衣架後面，而此時伯爵夫人突然回來並上了樓，後面跟著她的一個情人。小馬索克嚇得躲著不敢發出聲響，只是看到伯爵夫人坐到沙發裏開始愛撫她的情人。可是過了一會兒，伯爵和兩個朋友衝了進來，然而在他決定要先質問誰之前，伯爵夫人就已經站了起來，狠狠地在他的臉上揍了一拳，打得伯爵倒退幾步，鮮血直流。然後她又抓起一條鞭子，把三個人都趕

1 謝裏切特格羅（Carl Felix Von Schlichtegroll），馬索克的祕書和傳記作者。

出了房間，在一片混亂當中，伯爵夫人的情人也溜掉了。

正在這個時候，衣架倒了，馬索克暴露在伯爵夫人的面前，怒氣沖沖的伯爵夫人於是開始拿他發洩怒氣，將他摔倒地上，用膝蓋壓著他的肩，毫不留情地抽打他。雖然很疼，但是他卻從中體驗到了一種奇怪的愉悅。而在伯爵夫人責打他的過程中，伯爵也回來了，他不再帶著憤怒，反而像個奴隸般的順從與謙恭，跪在她面前乞求原諒。在馬索克被允許逃開的時候，他看到伯爵夫人正在踢打伯爵。小馬索克難以抵擋窺探的想法，但是門已經關上了，他什麼也看不見，但他卻聽見了鞭子的聲音以及伯爵在她妻子鞭打下的呻吟。

無需強調這個場景對於一個敏感而特別的孩子的影響，我們從中已經找到了塑造馬索克作品的那些情感態度產生的關鍵因素。正如他的傳記作者所論及的，在他大部分的生命當中，女人都是一種會立即引發愛慕與憎惡的生物，魅力和殘忍讓她們可以隨意將男人踐踏在腳下。在他第一部關於波蘭革命的非常重要的小說《艾米沙》（Emissär）當中，他給女主人公融入了澤諾比亞伯爵夫人的性格特徵。甚至馬索克最喜歡的情感符號——皮鞭和毛皮大衣，都可以在這段早期的經歷中找到解釋。他習慣於這樣說一位有魅力的女性：「我會喜歡看她穿著毛皮大衣的樣子。」而對一位沒有魅力的女性他則會說：「我無法想像她穿毛皮大衣的樣子。」他的稿紙曾一度裝飾著一個穿著俄國貴族服飾的形象，這個人物的外衣有著貂皮紋路，手中還揮舞著鞭子。他喜歡懸掛在牆上的圖片都是那些穿著毛皮大衣的女人，模仿荷蘭畫家魯本斯[2]在慕尼黑畫廊中的作品風格。他甚至在書房的長軟椅上也會放一件女士的毛皮斗篷以便可以不時撫摸，他的大腦似乎由此可以接收到和席勒[3]在腐爛蘋果味道中找到的同樣的刺激。

十三歲的時候，年輕的馬索克經歷了一八四八年大革命炮火的洗禮；被當時的流行運動所感染，他也和一位年輕女士一起保衛了路障，這位女士是他家的一個親戚，正如他後來喜歡描述的那樣，她是一位腰間別著手槍的女戰士。然而這只是他教育中的一段小插曲，他用滿腔熱情繼續著他的學業，他父親的審美品位也為他更高層次的教育提供了幫助。業餘戲劇表演是家裏人的一項特殊愛好，甚至會上演歌德和果戈里[4]的嚴肅戲劇，這也有助於培養和引導孩子的品味。然而，也許在他十六歲時，一場悲劇的發生給他帶來了嚴重的影響，第一次為他全面地展現出了現實的生活情景，同時也讓他對自己力量的意識開始覺醒。這場悲劇就是他最喜歡的妹妹的突然死亡。他開始變得嚴肅和安靜起來，並一直認為這件悲痛的事情是他人生的轉捩點。

2 魯本斯（Peter Paul Rubens, 1577-1640），法蘭德斯派畫家、版畫家。擅長神話、歷史、宗教及風俗畫，同時也精於肖像畫及風景畫。
3 席勒（Friedrich von Schiller, 1759-1805），德國著名作家。
4 果戈里（Nikolai Vasilievich Gogol, 1809-1852），俄國小說家、劇作家。

在布拉格和格拉茨的大學裏，他如此熱誠地投入到學習中，十九歲時就獲得了法律方面的博士學位，之後不久就成為了格拉茨的一名德國歷史教師。然而，逐漸地，文學的魅力決定了他的命運，他很快就放棄了教學生涯。他參加了義大利一八六六年的戰爭，在索爾菲諾戰役中的英勇表現為他贏得了奧地利陸軍元帥的勳位。然而，這些事件都只是對馬索克文學生涯的發展產生了微不足道的干擾，他的小說逐漸在歐洲贏得聲譽。

一個更深遠的影響已經通過他生活中的一系列愛情插曲嶄露頭角了。其中的一些插曲是關於輕微的和短暫的人物的，而另一些則是純粹的幸福的來源，尤其是一些誇張的元素可以吸引他唐吉柯德式的天性時就更加如此了。他的妻子說，他總是渴望在生命中添加一些戲劇性和浪漫的特徵，他曾以私人祕書的身分陪一位俄羅斯公主到佛羅倫斯，享受了幾天甜蜜時光。然而更多的時候這些插曲以欺騙和痛苦收場。在其中一段這樣的關係結束之後，他有整整四年都無法從中解脫，於是寫作了一些作品將個人經歷傾注其中。

曾有一次，他和一位美麗迷人的年輕女孩訂了婚，然後他在格拉茨又遇到一位年輕女子蘿拉·羅梅林，她二十七歲，和母親住在一起，而且已經和一位手套製造商訂了婚。她雖然出身貧寒，沒有多少知識並對這個世界知之甚少，但是她有著巨大的與生俱來的才幹和智慧。謝裏切特格羅把她描繪成散發著自然的迷人魅力的女人，並和小說家有著神祕的關係。她自己詳盡的陳述使得這種情況更容易被理解。她是通過給馬索克寫信的方式接近他的，為了要回她的一個朋友開玩笑寫給馬索克的信件，她用了汪妲・馮・杜娜耶的假名。馬索克在將信件送還之前堅持要求見見寫信人，並且由於對浪漫冒險經歷的渴盼，他想像她是一位已婚的生活在貴族世界的女人，很有可能是個俄國公爵夫人，她簡樸的服飾只是偽裝。她並不期望急於揭穿事實，她迎合著馬索克對她的幻想，因此一種神祕主義的網就此形成了。

雖然有時候蘿拉・羅梅林維持著這種神祕感並使自己避開他的影響，但是一股強大的吸引力仍然開始在雙方之間產生，雙方的關係已經成形並且還誕生了一個孩子。他們於是在一八九三年結了婚。然而不久以後，雙方都開始醒悟了。她開始在馬索克的性格中發現病態、空想，以及不切實際的方面；而他也意識到妻子不但不是貴族，更重要的是她決不是一位他想像中高高在上的女主人公。

婚後不久，在一次全家人參與的遊戲當中，馬索克要求他的妻子鞭打他，羅梅林拒絕了，於是他便要求女僕這麼做。羅梅林並沒有把這件事當真，但是他自己卻將這一想法付諸了行動，並且從嚴酷的折磨中獲得了極大的滿足。然而，當妻子在事後向他解釋說女僕不能再繼續留下來時，馬索克又毫不猶豫地同意了妻子的想法，立刻解雇了女僕。但他仍然時不時通過讓妻子陷入尷尬或者妥協的境地來尋求愉悅，做為一個正常人，羅梅林無法享受到其中的愉悅。這不可避免地導致了家庭悲劇的發生。他勸說妻子幾乎每天都要鞭打他（羅梅林很不願意這麼做），用他自己設計的上面布滿了釘子的皮鞭。馬索克發現這種虐待刺激了他的文學創作，這使得他可以在小說中放棄塑造他理想中的征服男性的女主人公形象，因為，正如他對妻子所解釋的，當他面對現實的生活時，他自己虛構的夢幻就不再困擾和迷惑他了。

然而他還不僅僅滿足於此，他經常有一種強烈的想法，希望妻子對他不忠。為此，他甚至在一份報紙上登了一則廣告，大意是一位年輕美麗的女性渴望與年輕有活力的男性相識。然而雖然她願意取悅他，卻並不希望做到這種程度。她按照約定去了一家旅館和一位回覆廣告的陌生人見面，但是當她向這個陌生人解釋她面臨的情況之後，他像騎士一般地將她送回了家。經過一段時間後，馬索克終於成功地將自己的妻子引上了不忠的道路。他很注意他的妻子在這種場合裝扮的細節，當他在門口向妻子揮手告別時，他高喊著：「我是多麼的嫉妒他！」這句話徹底地羞辱了他的妻子，從那一刻起，她對丈夫的愛變成了恨。最終的分開只是時間的問題了。

後來，馬索克與赫爾達・梅斯特建立了關係，當他的妻子開始依戀羅森塔爾時，她已經是馬索克的祕書和翻譯。羅森塔爾是一個聰明的記者，後來以「雅克・聖塞利」的名字被《費加洛報》的讀者所熟知。羅森塔爾意識到了她的痛苦，對她既同情又愛慕。拒絕同丈夫離婚的蘿拉・羅梅林後來去巴黎和羅森塔爾住在一起，但馬索克最終還是讓她簽署了離婚協定。然而，羅梅林聲稱從未和羅森塔爾發生過肉體關係，後者是個身體虛弱的男人。

馬索克和赫爾達．梅斯特走在了一起，他的第一任妻子曾經把梅斯特形容成一位乾淨、衰老，但又會賣弄風情的老處女，而傳記作者則將其描繪為一個多才多藝的文雅女性，她幾乎是以一種母愛般的胸懷照顧著馬索克。毫無疑問兩種描述都是事實。必須注意的是，正如汪妲清晰展示的那樣，除了他變態的性需求外，馬索克是個善良、有同情心的人，並且對他們最大的孩子關愛有加。奧倫伯格[5]也引用了一位著名奧地利女作家的話來描述他：「除了古怪的性行為以外，他是一位和藹可親、率真以及富有同情心的人，對孩子們來說也是一個非常仁慈的父親。」他的需求很少，不喝酒也不抽煙，雖然他喜歡讓傾慕的女人穿上毛皮大衣和充滿幻想的華麗服飾，他自己的衣著卻總是十分的樸素。他的妻子引用另一個女人的話，說他天真得像個孩子，頑皮得像個猴子。

一八八三年，馬索克和赫爾達．梅斯特在林德海姆定居，這是一個離陶努斯很近的德國村莊，小說家中意於這個村莊似乎是因為在他自己的小莊園裏，有座和中世紀一段悲劇相聯繫的荒廢城堡。在這裏，經過了相當漫長的法律上的拖延之後，馬索克終於能和

5 艾伯特．奧倫伯格（Albert Eulenburg, 1840-1917），德國神經病學家、性學家。

赫爾達．梅斯特合法地生活在一起了；在這裏，兩個孩子也適時地出生了；在這裏，作家相對平靜地度過了他的餘生。起先，就像往常一樣，馬索克遭受了農民們的猜疑，然而他逐漸地在他們當中獲得了巨大的影響力；他變成了這個鄉村裏的托爾斯泰，變成了村民們的朋友和知己（在他這一時期的作品中可以看到他同樣有些托爾斯泰的共產主義想法），而他開創的戲劇演出（他的妻子積極投身其中）也讓他的名聲散播到了鄰近的許多村莊。同時，他的身體狀況開始惡化，一八九四年的瑙海姆之行對他沒有任何好處，他死於一八九五年三月九日。

海弗洛克．艾利斯（Havelock Ellis, 1859-1939）┃英國性心理學家。

# 汪妲・馮・薩克-馬索克的自白

# 引言

一九〇七年，在巴黎一流的出版商莫居爾公司舉辦的一次聚會上，一位穿著毛皮大衣的老婦人進入大廳，在接待處說明了自己的身分。她的名字立刻引發了在場人士的騷動，人們議論紛紛：「薩克-馬索克女士……穿毛皮維納斯……汪妲，這位新娘在她的毛皮大衣下裸露著身軀。」人們充滿懷疑地盯著這位傳奇般的人物，他們甚至都不知道她還仍然活著——這位老太太灰色的頭髮從她那頂老舊的帽子下垂散開來；在絨毛消減脱落的舊皮大衣下是她瘦弱的身軀。幾十年前，她那前衛奢華的「虐戀」生活方式激發了無數文章和數本作品的誕生，然後她就陷入了貧困和黯淡的窘境。她從手中那個破舊的手提包中取出一疊厚厚的手稿，莫居爾公司將會以《汪妲．馮．薩克-馬索克的自白》為題出版這份手稿。

這位本身就是天才作家的女士在嫁給利奧波德．馮．薩克-馬索克之後的十年中都是生活在公眾的目光之下，而他的丈夫就是那位受歡迎的富有魅力的作家，他的作品裏流露著他的生活方式——「受虐戀」一詞正是出自他的名字。馬索克的暢銷小說《穿毛皮的維納斯》（一八七〇）創造了一個行為範本，其影響力一直延續到今天：用來刻畫性虐戀「症狀」的所有符號都可以在這裏找到——迷戀、皮鞭、化妝、穿皮衣的女人、契約、羞辱、懲罰，以及永久的反覆無常的冷酷外表。那些雇用妓女把自己綁起來鞭打的人一般不會意識到他只不過是在重演馬索克一百年前描述過的幻想而已。

在他們婚後不久，汪妲和馬索克簽了一個合約（這份合約由汪妲在馬索克的指導下起草，馬索克簽名）：

> 如果你像所說的那樣愛我，就請在這個合約上簽字，承諾你會接受我的全部，並遵守承諾做我的奴隸直到你生命的盡頭。你要證明你已準備足夠的勇氣做我的丈夫、我的情人，以及我的一條狗。你必須完全放棄你自己，保證我是你的全部……你就是我膝下的奴隸，任我對你百般蹂躪，不得有半點反抗，除此之外你一文不值。你必須像奴隸一樣為我工作，即使我雍容華貴，你也只能僅得到溫飽的滿足；如果我對你施虐，你不得反抗，還要親吻我踐踏你的雙腳。除了我以外，你一無所有；我就是你的一切……如果我命令你去做違法的事，你也必須順從我的意志……如果你不能忍受我的主宰，如果你覺得這些行為不堪重負，那我將不得不置你於死地，因為我是絕對不會還你自由的。

這份「合約」——馬索克那不羈幻想的產物——起草當時的社會氛圍必須引起我們注

意，當時女人不被允許擁有自己的財產，因而貧窮和困苦便是一個獨立女人最為恐懼的事情。馬索克在遭受鞭打時可能假裝是一個受害者，但是其後汪妲卻仍然是他經濟上的玩物。真正的控制——經濟以及法律上的——從未逃過馬索克的掌心；他成功地贏得了他想要的孩子的監護權，而且從未承擔過撫養孩子的責任。除卻那些虐戀儀式（有人將此解釋為某種社會性的過激行為），潛在的權力分配遵循的仍然是既存的社會規則——按照汪妲的說法，這些遊戲並不是兩廂情願的。

在她的時代，單身女性想要生存只有兩種選擇：做為體力勞動者或者做為妓女，然而汪妲卻以超越時代的見地寫了一封關於婚姻制度的起訴書：「如果我和薩克-馬索克不是在教堂裏結婚，而是在公證人面前簽下契約……那麼我就不光可以避開滑稽的宗教婚姻典禮的鬧劇，也可以免受殘酷的令人反感的離婚程式的困擾……為什麼女性主義運動沒有在這裏產生影響？為什麼它沒有觸及到邪惡的根源，掃除所有已經腐朽的婚姻制度——那些與我們當代的想法和感覺完全對立的東西？或者如果不可以完全清除掉，那麼就忽視它也可以啊？……然後事情將會發生改變。女人和男人將不再被法律束縛而只是聽從於他們的意志，他們的愛情以及他們的友誼。那些將女性的愛變成責任，將她們變成男人財產的法律將不復存在。」

除了是做為那些生存在十九世紀歐洲掙扎著爭取獨立的女性的一個生動的全景描述，

這份自白書中對於事物的細緻刻畫也很容易給讀者留下深刻的印象，特別是那些壯觀的旅行和冒險，從謝伏帕夏的城堡到貝尼塔的墓地，再到巴黎上流社會紛擾的生活。社會生活情景以及政治和宗教腐敗的諷刺描寫到處可見。汪妲熱衷於觀察，她經久不衰的諷刺和幽默，以及她對生活追憶的智慧，結合起來共同造就了這個最令人神魂顛倒的故事，就好像一份掀開這個世界面具的社會紀錄，在這個世界裏，男人和女人的關係從來沒有發生過太大的變化。

V 費爾 & 安德麗雅．朱諾 — 美國非主流、次文化之出版人。

## 人們不應該用普通的標準

當我爬上通向薩克-馬索克公寓的兩層樓梯時，我發現自己停在了一個空間很大並有無數房門的地方，我站在那裏不知道應該敲哪個門，就在那時，一扇門打開了，他出現在門口請我進去。我很吃驚，因為我原以為他還躺在床上。

他帶我穿過一個黑暗的窄小的接待室，那裏有一股令人噁心的貓的臭味，然後我們進入了一個堆滿了書籍的大房間。巨大的帶著綠色燈罩的燈發出搖曳不定的光，他看起來很蒼白，但並非是病態。他身穿一襲波蘭式衣服，這讓他在我眼中充滿了一種異國的氣息。

他看起來情緒很安定，就好像徒勞地尋找卻找不到任何可說的似的。一種痛楚的沉寂開始蔓延，然後被我用問候他感覺如何的言語打斷。他並沒有立刻回答我，而是帶我坐到剛才坐的沙發上，自己卻依舊站在我面前。他最終說道：「妳可以看出妳的造訪將我置於何種境地。我幾乎無法感謝妳。」

「那麼我最好還是離開吧。」我笑著對他說。

「哦，不！」他叫喊著，雙手握緊著跪在我面前，好像要祈禱似的，然後他抬起頭看著我。

「但是妳是多麼的年輕，」他叫喊著，「多麼的迷人啊！比我想像的有過之而無不及！我又如何能從如此嚴肅認真的信中期望到一個如此精緻美麗的面龐呢？這是一個多麼令人羨慕的驚喜啊！」

他拿起我的雙手，開始摘掉我的手套，然後不時親吻我的雙手。我再一次詢問了他的病情，他告訴了我許多細節，以至於讓我以為肺炎只是一次嚴重的感冒而已。當他在談論這件事時是如此嚴肅與莊重，讓我很難報以微笑。

我原本期望擴張他自身的那一部分，然而我毅然地決定在我們的關係中不給那部分留下空間。我已經感覺到了如果它們開始侵佔現實生活的話，將為我們兩人帶來多麼大的危險。

他看起來有些細微的失望，並且專心地注意著我，就好像要在我的性格中尋找什麼東西似的。然後他對我說：「是的，妳正如我從妳的信中想像到的一樣。在妳的眼裏，我可以找到所有縈繞在我腦海中的公正的和精確的想法，這使我相信它們產生於一位已不再年輕的女人，一個有經驗的女人。」

我在他的房間裏待了差不多有兩個小時，當我離開的時候，我的思緒十分紊亂，我的精神中充滿了一種沉重的疼痛的感覺。在和他談話時，我儘量讓自己從他的自負中擺脫出來，並解讀出他「文學」語言背後的真相，但是現在每一件事情都讓我很糊塗，我已經不再清楚自己到底站在哪裏了。

從那天以後，我每週去看馬索克兩三次——總是在他的公寓裏，他很長一段時間都不敢再出門冒險了。

他給我講述他的人生，他的旅行以及他的作品。他給我看他收到的工作邀請函，告訴我印刷機裏是什麼，以及已經出版的作品和不久後即將出版的作品。他還跟我講了他的家庭：他極其崇拜的母親，他已經去世的兄弟姐妹，和跟他很有默契的弟弟查理斯；然後是他的父親——他表現出對家庭的愛，好像在這位老紳士這裏消失了，這位紳士從來不是一個慈祥的父親，也從來不是一個好丈夫。

從他告訴我的所有事情裏，我發現馬索克既友好又慷慨，他對窮人和不幸的事情充滿了憐憫，對別人的過錯和弱點也十分寬容。但是在開始的那段日子裏讓我十分痛苦的是他對於過去關係的明顯的健忘。他非但沒有覺得這有何不妥，還認為我很樂於傾聽他釋放這些記憶。

弗裏崔爾夫人曾經這樣說過：「對像薩克-馬索克這樣的男人來說，人們不應該用普通的標準來衡量他。」現在，以至未來很長一段時間裏，這句話都將觸動我們的心靈。

## 瑪麗

我從格雷茲帶來了一個年輕的女僕。做為鄉村醫生的女兒，她認為自己是有教養的，因為她知道怎麼用法語說「親吻手背」。但是她並不愚蠢，她具有一種像她強壯的身體那樣活潑積極的精神。在她的村莊裏，她被認為是美麗的，而馬索克則說在她的性格中有「布倫希爾德」[6]的影子

夜晚已經夠長的了。為了消磨時間，馬索克讓我們扮演「強盜」。強盜就是我自己和瑪麗，我們必須追逐他。我不得不借給瑪麗一件我的毛皮大衣，自己也穿一件，因為如果沒有它們，我們就不能「讓人信服」。然後我們便在屋子裏展開了一場瘋狂的追逐，直到抓住我們的受害人。我們用繩子將他綁在樹上，再來決定他的命運。毫無疑問，他將被判處死刑，我們對他哭訴著求饒充耳不聞。

那時這只是一個遊戲，但是有一天馬索克想讓它變得更嚴肅：他確確實實想得到讓他更加痛苦不堪的懲罰。既然我們不能殺害他，他希望至少會被鞭打，而且使用他事先準備好的繩子。

6 參閱九十五頁注釋48、49。

我拒絕這麼做，但是他仍不放棄。他發現我的拒絕是如此幼稚，而且他聲明如果我不鞭打他，他會讓瑪麗來打他，因為他能從瑪麗的眼中看出她願意這麼做。

為了避免這樣的事發生，我輕輕地擊打了他幾下。然而這對他來說遠遠不夠，在我向他保證我不能打得更重之後，他說他極度渴望受到最大力量的鞭打，瑪麗在這方面很可能比我做的更好。

我離開了房間以便結束這件事情，可是我錯了。瑪麗用他希望的方式以她最大的體力鞭打了他——即使是在隔壁，我都能清楚地聽到他背部被擊打的聲音。

這幾分鐘對我來說似乎有一個世紀那麼長。最後懲罰終於停止了。他走了進來，似乎什麼也沒有發生似地說道：「很好！她打我打得確實很出色！我的背部一定傷痕累累——妳根本想像不到那個女孩的臂力有多大。每一次的鞭打，我都會覺得我背部的肉被撕裂開了。」

我並沒覺得這很有意思，而是保持著沉默。看到我並沒有開玩笑的情緒，他問到：

「妳怎麼了——妳是不是有什麼煩心事？」

「你被一個女僕鞭打似乎並不是一件體面的事。」

「看這裏——這件事有什麼問題嗎？啊——這比表面上所看到的包含了更多的東西。我怎麼知道妳會嫉妒一個像瑪麗這樣一個天真的女孩？」

「女僕鞭打主人並不是一件合適的事情。它讓我們三個都陷入了一個可怕的難堪境地。而且你不能指望瑪麗保守這個祕密，像她這麼活潑的人肯定會把事情告訴她遇到的每一個人。他們會怎麼看待我們？」

「但是我可以禁止她說出去！」

「你不能禁止一個已經鞭打過你的女孩做任何事情。而且，那只會讓事情更加複雜。瑪麗必須立刻離開我們家，這樣我們至少可以停止這個醜聞。」

「說的對！我也這麼想過。是的，馬上送她離開，越快越好。如果她今晚就能離開那將再好不過了。」

第二天早晨，瑪麗搭上了去格雷茲的第一班火車。我找到了一個四十歲的傭人來代替她的工作，一個毫無魅力的人。

## 凱薩琳和諾拉

諾拉和凱薩琳是很不相同的一對。諾拉那天非常有男人味，扮演著「紳士」的角色；她演的很認真，如果不是穿著裙子的話，看起來真的像一個少年。她抽味道辛辣的香煙，總是能看到她手裏夾著細長的煙捲；她為凱薩琳拿著傘，遇到路不平的地方就扶她一下，還用手杖撥開路邊的樹枝；休息時，她趴在地上，凝視著「愛慕之人」坐在嫩綠的苔蘚上。

……這種關係持續了大約一個星期，然後她們突然停止了見面。凱薩琳的心情很糟糕，她開始責備自己因米諾的病情而和諾拉的關係破裂，米諾不允許她的朋友離開她。凱薩琳認為米諾是一個「裝模作樣的人」，她總是多愁善感，因此也比較傻。

我們再也沒有見到這兩個女孩，也從不知道到底是什麼促使她們離開了我們的生活。諾拉和米諾激發了馬索克關於聖母的靈感。

很長時間以後，當凱薩琳抱怨我的丈夫，我試圖為他辯護時，她叫喊道：「妳沒有理由為他辯護——他也沒有忠誠於妳！」

為了確定她要說些什麼，我便說道：「他沒有。」

「他真的沒有嗎？當他給米諾寫信說他愛她是多麼深、多麼真摯，說他覺得和妳在一起是多麼的不快樂，說他多麼想和妳分開而和她私奔，說他們可以去德國變成新教徒以便在他跟妳離婚後結婚，說他們的經濟地位會因他接受一份已經提供給他的工作而得到保障……那不是背叛嗎？在妳面前，他表現得像和妳一天都不能分開似的，然而在他心中他無時無刻不想著離開妳。諾拉給我看了那些信，我讀了所有的內容，我告訴妳一件事情：這兩個女孩確實拋棄了他。」

從她說的關於工作的事情上，我知道她說的是真的，因為馬索克確實商談過在德國工作的事情，而且我和他是唯一知道這件事的人。

我應該相信什麼？

## 凱薩琳

當發現被洪水阻擋時，我們已經一起旅行了大約兩個小時了。洪水毫不留情地淹沒了牧場和農田，直接切斷了我們前進的道路。整個夜晚傾盆大雨落在山上，然後洪水從山上噴流而下，形成了這場洪災。我們看到在另一邊幾個人正對著我們打著停止的手勢。他們從離我們很遠的地方大聲喊著，然而洪水的喧囂讓我們無法溝通。

凱薩琳已經跳了起來，站在馬車上，用她閃亮的眼睛觀察著前面糟糕的景況。

「我們必須過去。」她喊道。

我應聲道：「當然——我們可不能錯過這個淹死自己的完美機會！」

她笑了。

已經開始準備掉頭的車夫驚奇地看著我們。他是一位年輕英俊的小夥子，雖然對馬車負有責任，但是他也不願意表現出比女孩子少任何一分的勇氣，所以在叫喊聲下，他竟然驅車向水中前進。對面的人還在尖叫並瘋狂揮舞著他們的臂膀，然而我們倆卻冷靜地坐在馬車裏，迎接我們的命運。

很快，車夫開始後悔他一時衝動的決定了。洪水如此猛烈，將所有的岩石都沖刷而下，被打到腿的馬開始恐慌起來；洪水的威力看起來要將整個馬車推倒，並捲起了巨大到足以將馬車陷進去的漩渦。

我們的車夫已不敢再前進了，然而也無法掉轉回頭。我們差不多是處在洪水的中心，水位已經到了馬的胸口而且正往車廂中滲漏。在另一邊的旁觀者現在已經呆若木雞，只是靜默地看著我們。

我看著身旁掀起的水浪，突然產生了一種強烈的要將自己扔進水中的想法，而凱薩琳一把抓住了我，哭喊著：「看在上帝的份上，汪姐，不要再看水浪了——妳會暈的。看看天空然後閉上妳的眼睛。」她緊緊地用手臂挽著我，把我拉近。在我的大腦開始眩暈的那一刻，能夠感到有雙強壯的胳膊環抱著自己真是太好了。

同時，在另一邊的人已經在估測著危險並決定伸出援手了。他們是一群穿著高統靴的磨坊工人。他們慢慢地前進，試著靠近我們，用竹竿謹慎地探測著水深。他們剛靠近我們就開始辱罵車夫，叫喊著說如果車夫自願冒這個險，那毫無疑問他的馬是偷來的。而對我們，他們十分好奇地看著我們，帶著一點厭惡——我們是不是在用我們的愚蠢強迫他們來救援？

凱薩琳向他們笑了笑，並開始用她磕磕巴巴的德語跟他們講話。不久他們就被征服了，他們的疑惑也煙消雲散，並且還對這位身處危險卻還開心地坐在車中毫無恐懼的來自異國的女孩子投以傾慕的眼光。其中一個年輕人驅趕著馬，而另兩個爬上了馬車的踏板以便和水流相抗衡來穩定馬車，最後我們終於到了安全的地方。

凱薩琳跟他們握了手，給了他們一份大方的報酬。我覺得他們可能會為了她再把自己扔回到水裏，他們看起來是如此的高興。當凱薩琳跟他們揮手告別時，他們一直站在那裏，眼神跟隨著我們。她自己已經高興壞了：這樣的冒險讓她無比興奮。她甚至希望每天都有一個類似的經歷，因為這是一種真正的生活，而且她希望活著……活著……

她對我說：「只是因為妳才讓我害怕了一會兒，如果妳掉下去，妳將會很快被可怕的洪水淹沒的。」她很高興自己將頭從馬車中探了出去，因為這成了她勇敢的證據，她理智的證據——還有她不顧生命的證據。

「如果我能夠親吻我自己，我就會這麼做——我對自己是如此的滿意！」

## 僕人

為了徹底地保持他做為奴隸的角色，薩克-馬索克扮演了陪伴美麗女人出國的僕人。從他一身波蘭民族的裝束中可以看出他喜歡成為一個侍從。當她旅行坐在頭等艙時，他會待在三等艙；他會把她的行李帶到馬車上，然後緊挨著馬車夫坐下來；而當她出外參觀時，他會和其他的僕人一起在接待室等待她。

帕爾夫人已經選了演員塞弗林做為這個遊戲中的搭檔。在這三個人物之間發生了許多令人愉快的場景。塞弗林沒有辜負帕爾夫人邀請他搭檔這份好意背後隱藏的祕密動機，他的確認為身為僕人的馬索克不斷頻繁地在帕爾夫人身邊出現很惱人。一天，當這個僕人又走進房間時，塞弗林突然發瘋般地開始打他。

馬索克被迷惑住了，這正是他希望「主人」對待他的方式。當塞弗林離開時，他在接待室親手將皮衣交到他手上，然後很快地鞠了一躬，並拿起他的手親吻。另一天，當馬索克走進房間添加柴火時，帕爾夫人正坐在塞弗林的身旁，塞弗林失去了耐心，開始用法語問她為什麼從波蘭請了一個這麼愚蠢的人，而不選擇一個更適合她、受過良好訓練的女僕。然而這種怨憤並沒有讓塞弗林停止給這個「波蘭笨蛋」豐厚的小費。

除了這些快樂的時光外，僕人身分也為馬索克帶來一些難受時刻。一天他的女主人派他去買油和牛奶。當他一隻手拿著一罐油，另一隻手提著一罐牛奶回來時，正好和一位大學朋友，年輕的洛爾·瑞德公爵碰了個面對面，公爵認出了他，大呼起來：「哦！薩克-馬索克！我發現文學不再能將麵包帶到桌前了——你現在成了一個行李搬運工了嗎？」

馬索克假裝十分驚訝，讓他的朋友誤以為認錯了人。在這裏我丈夫的陳述又一次中止了。

「然後呢？」我問道。

「我收拾了行李就離開了。」

「為什麼？」

「哦！女人是沒有個性的——只會任性。一個女人可以折磨我到死，這樣才會讓我覺得開心……但是我不允許自己變得無聊。所以我甩了她。」

我的心疼痛地揪在一起。

「這也是你總有一天會『被甩』的原因。」來自我內心裏有個聲音這麼說。

汪妲·馮·薩克-馬索克

# 穿毛皮的維納斯

當萬能的上帝懲罰他，就將他交到女人手中。

——《聖經．朱蒂絲傳》

我身邊有著一位迷人的夥伴。

在我對面，挨著文藝復興時期風格的大壁爐旁的，就是一位「維納斯」。在她自己的半個世界中，她可不是個隨便的女人，但在與其他男人交往中，就像克麗奧佩拉小姐一樣，她用了維納斯這個假名，在她的世界中，她是一個真實的愛之女神。

先擺弄好壁爐裏的火，扇起劈啪的火焰後，她舒舒服服地坐在沙發上，火光映襯著她蒼白的臉，還將她的眼睛襯得特別白，她不時地將腳探過去取暖。

儘管她的眼睛呆滯冰冷，我所看到的她仍然很美。但她總是將自己僵硬的身體裹在毛皮大衣下，像隻可憐的貓咪蜷縮在裏面顫抖。

「我實在不懂，」我大叫，「現在真的一點都不冷，這兩週可是春日裏美妙宜人的天氣。妳不該這麼怕冷。」

「多謝你那所謂美妙的春天。」她的聲音如石頭般堅硬低沉，說完她打了兩個噴嚏，打噴嚏的神情也如此動人，「我簡直無法再忍受下去，我開始理解了……」

「理解什麼，女士？」

「我開始相信那些我不相信的，理解那些我不……不理解的。突然間我明白德國婦女的美德和德國人的哲學。我也不再奇怪為什麼你們這些北方佬不懂得怎麼去愛，甚至不明白什麼是愛。」

「但是，夫人！」我有點生氣，「我可不像妳說的那樣。」

「啊，你……」她打了第三個噴嚏，以她獨有的優雅方式聳了聳肩，「那就是我為什麼對你這麼好，甚至經常來看你的理由，儘管每次即使穿著這皮大衣我都還是感冒。你還記得我們第一次見面時的情景嗎？」

「我怎麼能忘得了呢，」我說，「當時妳留著棕色的捲髮，有著棕色的眼睛，紅潤的雙唇，但我總是從妳獨特的臉型和大理石般蒼白的臉色認出妳來，妳還總是穿著那件松鼠毛邊的紫藍色天鵝絨夾克。」

「看來你特別喜愛那件衣服，還特別的念舊。」

「妳教會了我什麼是愛。妳對愛情的膜拜叫我忘記了時間的存在。」

「而且我對你的忠誠無與倫比。」

「呃，就忠誠而言……」

「你竟然不領情！」

「我並不是責備妳什麼。妳是個神聖的女人，但也只是個女人，妳跟其他女人一樣，在愛情上殘忍無情。」

「你說殘忍？」這位愛之女神反駁道，「殘忍僅僅是激情與愛的組成部分，這是女人的天性。她必須給自己愛任何事物的自由，而且她愛那些能給她帶來快樂的一切。」

「對一個男人來說，還有什麼比他愛的女人對他不忠還來得殘忍的事情嗎？」

「的確還有！」她反駁道，「我們只能忠誠於我們所愛的人，但你卻要求一個女人忠誠於自己不愛的人，強迫她處在一個這麼不快樂的境地。請問究竟是誰更殘忍——是男人還是女人？你們這些北方佬總是對愛情太嚴肅。你們總是談到責任，但是快樂才是愛情的責任。」

「那就是為什麼我們那時的感情總是很美好，很讓人懷念，而且我們的關係也很持久。」

「然而，」她打斷我，「純粹的異教徒有著永不平息永不滿足的渴望，那就是愛，就是至高無上的快樂，就是神聖本身——這對於你們這些現代人，你們這些需要反思的人來說是沒用的。這些只能給你們帶來災難。當你們希望表現得自然一些的時候，你們就顯得庸俗。對你們來說，整個世界似乎都充滿敵意。你們認為希臘那些微笑的諸神是邪惡的，認為我是魔鬼。但你們只能批判我、詛咒我，要不就只能犧牲你們自己，用在我的祭壇上瘋狂飲酒作樂的方式來傷害自己。如果你們中的任何一個人有勇氣親吻我的紅唇的話，他就該光著腳穿著懺悔者的衣服去羅馬朝聖了，期望花兒從他枯萎的禪杖中開放。玫瑰、紫羅蘭、香桃木在我的腳下不斷萌芽——但是你們不會喜歡它們的香味。所以你就待在你們北方佬的迷霧中，待在基督教的煙燻中吧。讓我們這些異教徒待在熔岩下的碎石堆裏好了，不要把我們挖出來。龐貝城可不是為你們這些人建造的，我們的別墅，我們的沐浴處，我們的廟宇也都不是為你們這些人建造的。你們不需要神明！在你們的世界裏，我們會被凍死的。」

這位漂亮而冷酷無情的女士咳嗽著，拉了拉她的黑貂皮大衣，好讓肩膀更暖和些。

「多謝妳給我上了這麼經典的一課，」我答道，「但是妳不能否認，男人和女人天生就是死對頭，無論是在妳那陽光燦爛的世界裏，還是在我們這個迷霧籠罩的世界中。合二為一的愛只能維持瞬間。在這瞬間中，兩個人擁有同一種思想，同一種感覺，同一種願望，而後他們便又分開了。這點妳比我更清楚。兩人中無論哪個，如果沒能征服對方，都會立刻感覺對方的腳架到了自己脖子上。」

「多數情況下男人要比女人更有這種感覺，」維納斯女神輕蔑地嘲笑道，「這點你該比我更清楚。」

「當然，這也是我為什麼不會有任何幻想的理由。」

「那麼你的意思是現在你就是我的奴隸，沒有任何其他想法，所以我可以隨便地蹂躪你了。」

「女士！」

「難道現在你還不瞭解我？是的，我就是殘忍的，既然你那麼喜歡用這個詞——難道我沒有資格殘忍嗎？男人總是追求女人，而女人總是被追求，這就是女人所有的但卻是決定性的優勢所在。正是男人的欲望讓他們落入女人之手，一個明智的女人總是應該懂得如何將男人變成她的奴隸、玩偶，懂得微笑著背叛男人。」

「這就是妳所謂的原則！」我憤怒地打斷她。

「千百年來都是這樣的，」她諷刺道，雪白的手指玩弄著黑色的毛皮，「女人愛得越深，男人就越冷淡，並且在女人頭上做威做福。但是當女人越殘忍越不忠越糟糕地對待男人、越不珍惜男人的時候，就越引起男人的欲望、愛戀和崇拜。從海倫[7]和黛利拉[8]的時代到凱薩琳二世[9]和羅拉·蒙特茲[10]的時代都是如此的。」

「這我不否認，」我說，「再也沒有比看到經常突發奇想，毫不猶豫就移情別戀的漂亮、妖豔、殘忍的女暴君更令男人感到興奮的事了。」

「她還得穿著皮衣呢！」這位女神大叫道。

「妳說的是什麼意思？」

「我知道你的嗜好。」

「妳知道嗎？」我打斷她，「自從上次我們見面的時候，妳就已經在賣弄風情了。」

「有嗎？何以見得？」

「裹在這深色毛皮大衣下，妳雪白的身軀顯得更加的白皙了，還有——」

這位女神大笑起來。

「你在做夢吧，」她叫喚道，「醒醒吧！」她用那大理石般雪白的手拽著我的手臂，「快醒醒吧！」她用那低沉沙啞的聲音再三叫道。我勉強睜開了雙眼。

我看到有隻手在搖我，猛然間，我發現這隻手變成了銅褐色，聲音像我那酗酒的哥薩克[11]僕人，原來就是有著將近六英尺高的他站在我面前。

---

7 海倫（Helen），引起特洛伊戰爭的美女。

8 黛利拉（Delilah），聖經故事中大力士參孫的情婦，把參孫出賣給菲利斯人。

9 凱薩琳二世（Catherine the Great），十八世紀俄國女皇。

10 羅拉．蒙特茲（Lola Montez），十九世紀歐洲名妓，許多王公貴族都拜倒在她的石榴裙下，並且為她爭風吃醋。

11 哥薩克（Cossack），生活於烏克蘭、俄羅斯南部的游牧民族。

「起床了，」他繼續叫我，「真是太丟人了。」

「什麼丟人了？」

「看你，穿著衣服就睡著了，書還丟在一旁，這還不丟人麼。」他吹掉那快燒完的蠟燭，撿起我掉下去的書，「這本書——」他看了看封面，「黑格爾的。對了，我們該去塞弗林先生那兒了，他現在正等著我們喝茶呢。」

★★★

「奇怪的夢。」當我描述完的時候，塞弗林說道。他將雙臂支在膝蓋上，用他那小巧、微顯出血管的手托著臉，陷入沉思中。

我知道他會一直坐在那兒，一動不動地，幾乎不呼吸了似的。這看似不可思議，但它確實發生了，而我並不覺得奇怪。我們走得這麼近已經快三年了，我也習慣他這些奇怪的行為了。就這些奇怪的行為而言，他真的很奇怪，儘管他不是像他的鄰居甚至整個科洛梅爾地區所認為的那種危險分子。我覺得他很有意思，還很有同情心——這也是為什麼許多人也把我當成瘋子的原因。做為一個三十歲還不到的加利西亞[12]貴族和莊園主，他顯得特別的清醒，特別嚴肅認真，甚至帶有點賣弄的味道。他活在一個精心規畫、半哲學半現實的世界裏，這個世界裏一半是由鬧鐘、溫度計、氣壓計、氣體計、液體比重計等等組成的，另一半則是希波克拉底[13]、胡費蘭[14]、柏拉圖、康德、克尼格[15]和柴斯特菲爾德勳爵[16]等等組成。但有時他會情緒激動得好像要拿他的頭撞牆似的。在這種時候，大夥都會自動離他遠遠的。

當他陷入沉思，保持安靜的時候，煙囪裏的火苗歡快地唱起歌來，古老的俄羅斯大茶壺也唱起歌來，我坐在裏面搖晃著抽雪茄的老舊搖椅也唱起歌來，還有那老牆角裏的蟋蟀。我環視著這個堆滿了東西的房間，從古怪的儀器、動物的骨架、小鳥的標本到地球儀、石膏像等等，直到我看到一幅畫像，這幅畫之前我已經看過無數次了。但今天，在紅色火光的映襯下，它對我起了不可思議的作用。

這是一幅大油畫，有著濃郁的比利時學院的風格，但是主題卻很奇怪。

有一個漂亮的女人，她的笑容燦爛無瑕，濃密的長髮紮了起來，打了很傳統的結，頭

12 加利西亞（Galician），位在西班牙西北部。
13 希波克拉底（Hippocrates，約公元前 460－公元前 370），古希臘醫師，人稱醫藥之父。
14 胡費蘭（C W Hufeland, 1762-1836），德國醫生，所著的胡費蘭醫德十二箴，是醫學道德的經典文獻之一。
15 阿道夫．克尼格（Adolph Knigge），德國十八世紀末的社會學家，著有《關於人際交往》（Uber den Umgang mit Menschen）。
16 柴斯特菲爾德勳爵（Lord Chesterfield, 1694-1773），十八世紀英國文人及政客。

髮上白白的粉看上去像是一層薄薄的霜。她坐在沙發上，身上只裹了一件黑色的毛皮大衣。她用左手支撐著身體，右手擺弄著一條鞭子，她那裸露的腳不經意地踩在一個男人背上。這個男人像個奴隸，像隻狗一樣地跪在她面前。從輪廓和表情可以看出他深深的憂鬱和對這個女人的深切的愛。畫像裏，他用殉教者般燃燒著狂喜的眼睛仰望著她。畫像裏的這個男人，這個被女人踩著當板凳的男人竟然就是塞弗林。畫像裏的他沒有鬍鬚，看上去要比現在年輕十歲。

「穿毛皮的維納斯！」我驚呼道，指著這幅畫，「這個就是為什麼她會在我夢裏的原因了。」

「我也是，」塞弗林說，「只是我是睜著眼睛做這個夢的。」

「是這樣的嗎？」

「這只是個無聊的故事。」

「很明顯地，是你的畫讓我做了這樣的夢。」我繼續說道，「但是你必須告訴我它的含義。我可以想像到，它在你的生命中扮演了一個非常重要，甚至可以說是具有決定性意義的角色。但我必須從你這兒知道有關它的內容。」

「看看與這幅畫相似的畫吧。」我這位奇怪的朋友似乎一點都沒有留意到我的問題。

他說的是一幅德勒斯登畫廊裏提香著名的《照鏡的維納斯》的極好摹本。

「可跟這有什麼關係呢？」

塞弗林起身，用手指著這畫中提香精心裝扮他的愛之女神的毛皮大衣。

「這，也是『穿毛皮的維納斯』，」他微笑著說，「我不相信這位威尼斯老人有其他的目的。他僅僅是給梅斯利納一些貴族畫像，為贏得貴族的好感而讓丘比特為維納斯拿著鏡子，好讓她在鏡子前觀察她獨特的魅力，雖然對丘比特來說，這個任務令人困擾。畫這幅畫僅僅是為了奉承而已。然而後來，某個洛可可時代的『鑒賞家』將這位女子命名為『維納斯』，而提香畫中人用來裹住身體的毛皮大衣被當做是女人專治和殘忍的象徵，儘管讓女子穿毛皮大衣的本意更可能是擔心其感冒而不是出於貞潔的考慮。

「夠了！這幅畫——就像你現在所看到的那樣，對於我們所愛的人是一個辛辣的諷刺。生活在北方冰冷基督教世界裏的維納斯，只能穿著厚厚的毛皮大衣才能夠抵禦寒冷，避免感冒。」

塞弗林大笑，又點了一支煙。

就在這時，門開了，走進來一個體態豐盈、金髮碧眼的女孩。她有著聰慧友善的眼睛，穿著黑色的絲質大衣，給我們端了茶來，還配了冷盤肉和蛋。塞弗林拿起一個蛋，用刀子切開。

「難道我沒有告訴妳這蛋要煮得軟一些嗎？」他如此大聲的呵斥使得這個女孩嚇得發

抖。

「但是，親愛的塞夫特儲——」她膽怯地說。

「不要叫什麼塞夫特儲，」他大叫道，「妳必須服從我的命令。服從，明白嗎？」然後他扯下牆上的鞭子，那鞭子緊挨著他的武器。

這個女孩嚇得像隻小兔子般逃出這個房間。

「妳等著，我不會饒過妳的！」他在她背後喊道。

「哎，塞弗林，」我用手按住他肩膀，「你怎麼能這麼對一個年輕漂亮的女孩呢？」

「你看看她，」他滑稽地眨了眨眼睛，「如果我寵著她，她會拿著繩索套在我脖子上的，但現在你看，當我拿著鞭子對她，她卻很崇拜我。」

「無稽之談！」

「這可不是什麼無稽之談，這是馴服女人的方式。」

「噢，如果你喜歡這樣，那麼你可以像帕夏[17]一樣生活在你的女人們當中，但是我可不要聽你那套理論——」

「為什麼不呢？」他急切地說道，「歌德的那句名言，『你要麼是鐵錘，要麼是被鐵錘敲打的砧板』是最適合用在男人與女人之間關係上的。你夢中的女神維納斯不就是這麼對你說的嗎？女人的權利躲藏在男人對她的熱情中，不管男人明不明白這個道理，她都知道怎麼利用這個權利。所以，男人只能從中做一個選擇：要麼做女人的暴君，要麼做女人的奴隸。他要是做出讓步，那麼他就只能被套在枷鎖裏，被鞭子抽打。」

「奇怪的理論！」

「不是理論，是經驗！」他點頭回答道，「我確實被鞭打過，現在痊癒了。你想知道為什麼會這樣嗎？」

他起身，從大抽屜中掏出一小摞手稿，放在我面前。

「你不是問我那幅畫嗎？這麼久了我還沒給你解釋呢，就在這裏了，你自己看吧！」

塞弗林背對著我，挨著煙囪坐下了，眼睛睜著，但看上去像是在做夢。房間裏再一次陷入沉靜之中，煙囪裏的火苗，俄羅斯大茶壺，還有老牆角的蟋蟀又唱起歌來。我打開手稿開始閱讀：

一個超感官論男人的懺悔。

手稿頁邊的題詞來自《浮士德》裏的著名詩句，但稍稍做了改動：

17 帕夏（pasha），舊時奧斯曼帝國和北非高級文武官的稱號。

你這個超越感官者的悲哀，
被女人牽著鼻子走。
——梅菲斯特[18]

我翻過扉頁，看了下去：「下面的記載摘錄於我那段時光的日記，因為人的過去是無法用完全精確的言語來描述的；但也因此每件事都帶有它鮮豔的色彩，就是展現在我們面前的色彩。」

★★★

果戈里，俄羅斯的莫里哀[19]，說過——在哪裏這麼說過？呃，在某個地方曾這麼說過——「真正的繆斯女神是一個躲在笑容面具下哭泣的女人。」

多麼精彩的說法！

所以當我寫下這些的時候有種奇怪的感覺，覺得整個周圍都彌漫著花的香氣，刺激著我，淹沒著我，使我覺得頭疼。壁爐裏的煙一縷縷升起，化成一個個灰白鬍鬚的小妖精，他們用手指著我，嘲笑著我。胖嘟嘟的丘比特騎著我的椅子扶手，站在我的膝蓋上。當我寫下我的經歷時，不自覺地笑了，甚至大笑起來。然而我並不是用普通的墨水在寫，而是用心裏流出的鮮血寫下這些經歷。所有這些痊癒的傷口又重新被撕開，心顫抖著，刺痛著，眼淚不時掉下來，滴在手稿上。

在喀爾巴阡山[20]的一個小小的休養勝地，日子過得特別的慢，因為這裏看不到一個人影，待在這裏無聊得可以寫田園詩了。我空閒得可以為一整間畫廊畫所有的畫，為整個劇院寫上一整季度的歌劇，為一打藝術鑒賞家演奏各種曲子：協奏曲、三重奏、二重奏等等。但是，我要說的是，我所做的只不過是攤開畫布，擺弄琴弓，畫畫樂譜。因為我——坦白的說，塞弗林，你可以欺騙其他人，但無法欺騙自己——我對於這些藝術，像畫畫、寫詩、作曲，還有許多其他所謂公益藝術形式，都只是個半吊子。在當今社會，從事這些藝術的人所擁有的收入足以和一個內閣大臣甚至副總統相提並論。但重要的是，在生活中，我這輩子都是半吊子。

直到現在，我還生活在自己的畫和詩所描述的世界裏，從來沒有跨越出一成不變的日

18 梅菲斯特（Mephistopheles），歌德《浮士德》裡的魔鬼。
19 莫里哀（Molière, 1622-1673），法國喜劇作家、演員。
20 喀爾巴阡山（Carpathian），位於羅馬尼亞境內。

子。生活中有些人總是開始做一些事情，卻從來沒有真正完成過一件事情。而我就是他們中的一員。

看看我都說了些什麼呀！

該回到正題上來了。

我靠著窗戶，看著外面這個令我傷心、令我失望的小鎮，它看上去真的像充滿了無限詩篇一樣美好。高高的山峰被金色的陽光纏繞著，被玉帶般蜿蜒的河流環繞著。天是那麼的純淨，那麼的藍，皚皚的雪峰彷彿插入雲霄；鬱鬱蔥蔥的山坡那麼的綠，那麼的新鮮；羊群在山坡的草地上吃草，山坡下面是一片片金黃的麥浪，農夫在那裏辛勞的收割莊稼。

我所住的房子位於一處可以被稱做公園或森林、荒野之類的地方，不管怎麼叫它，總之是個非常偏僻的地方。

這裏的住客除了我，就是一個來自萊姆堡的寡婦和房東塔爾塔科夫斯卡太太，她是個每天變得越來越小和越來越老的小老太婆。這裏還有一隻跛了腳的老狗和一隻總是喜歡玩紗線球的小貓。我猜這個紗線球是那寡婦的。

據說，這個寡婦長得很漂亮，也很年輕，頂多二十四歲，而且還非常富有。她住在二樓，我住一樓。她的房間總是掛著綠色的窗簾，陽臺上爬滿了綠色葡萄藤。我這邊有個長滿金銀花的露臺，非常舒適，也很陰涼，平常我就在這看書、寫作、畫畫，還像小鳥在樹枝上一樣地唱歌。我抬頭就能看到那陽臺，事實上，我經常這麼做，時不時地還能看到一件白色袍子微微閃爍在濃密的葡萄藤縫隙中。

其實，那會兒我對這個漂亮女人並不是很感興趣，因為我已經愛上別的人了，但是對此卻很不開心，比《瑪儂．雷斯考》[21]中托根堡的騎士或爵士更不開心，因為我愛慕的其實是塊石頭。

在小小的荒野花園裏，有兩隻鹿在草地上安靜地吃草，在這片草地上，還豎立著一尊維納斯女神像，我想這尊維納斯原本應該是在佛羅倫斯的，她是我有生以來見過的最漂亮的女人了。

當然，這並不算什麼，因為我很少見過漂亮的女人，相當的少。在愛情方面上，我也只是個還沒有準備好跨出人生第一步的半吊子了。

但是為什麼我要如此誇大其詞，好像美這種東西其實是可以被超越似的呢？

完全可以說這尊維納斯是很漂亮的。我瘋狂地愛著她，這看上去有點病態，因為我的這個女人不能對我的愛有任何的回應，除了她那永恆不變的、沉靜的、石頭般的笑容。但

21 瑪儂．雷斯考（Manon Lescaut）是法國著名的古典小說，作者為普雷沃神父（L'Abbe Prevost 1697-1763），普契尼據之改編成四幕抒情歌劇。故事描寫年輕騎士德古耶和瑪儂的一段戀情。

我真的還是熱戀著她。

當太陽在樹蔭下若隱若現時，我通常躲在小白樺樹下看書，當夜晚來臨的時候，我就去看望我那冰冷殘酷的美人，跪在她面前，將臉埋在她腳下冰冷的石頭基座上，向她祈禱著。

月亮緩緩升起，由盈變虧，美得無法形容。月光盤旋在整個樹林之中，整片草地也沉浸在這銀色的月光中。沐浴在這柔和的月光下，我的女神好像也變得更美了。

有一次當我「約會」完走在一條通往房子的小路上，我突然發現一個女子的身影，在月光的照射下，像石頭一般的雪白，和我僅隔著幾棵樹的距離。就像是這尊漂亮的女神在同情我似的，突然活了過來，然後跟著我。這下，我心裏莫名地害怕起來，心怦怦地跳，相反我應該——

呃，是的，我是個半吊子。通常在我需要跨出第二步的時候，我就垮掉了；不，我並沒有垮掉，而是逃得能有多快就有多快。

無巧不成書！透過一個經營圖片生意的猶太人，我得到了提香《照鏡的維納斯》的複製品，就這樣我有了我的女神的相片。多麼美的女子啊！我真想為她寫一首詩，但我在拿起這幅畫的時候，卻在畫上寫下了「穿毛皮的維納斯」。

妳冰冷如霜，但卻喚起了我的熱情。當然，妳可以穿上那代表專治的毛皮大衣，因為再沒有人比妳——我美麗殘酷的愛的女神——更適合它了！——過了一會兒，我加上了些歌德的詩句，這些詩句是最近我從《浮士德》的增補本中讀到的：

**致愛神**

翅膀是謊言所在，
愛神之箭僅是利爪，
花冠掩藏了小角，
因為毫無疑問，他
像所有古希臘諸神一樣，
是個偽裝的惡魔。

然後，我將這幅畫放在桌子上，用本書撐著它，仔細端詳。

看著它，我心裏欣喜若狂又莫名地害怕，欣喜能看到這位高貴的女人裹著她紫黑色毛皮大衣所透露出來的冷豔和嫵媚，卻也害怕看到她那冰冷的大理石般的臉龐所透露出來的嚴肅和強硬。於是，我又拿起筆來，寫了以下這段話：

「愛，與被愛，這該多麼幸福啊！然而當你崇拜一個將你玩弄於股掌之中的女子，當你成為一個漂亮女暴君的奴隸，當她冷酷無情地將你踩在腳下的時候，那種愛與被愛的快樂就會顯得黯淡無光了。就算是大英雄參孫也未能倖免，他義無反顧地愛著黛利拉，即使黛利拉一次又一次地背叛他。由於黛利拉的出賣，他被菲利斯人抓住，菲利斯人狠狠地揍他，挖出他的眼睛，可是直到最後一刻，他的眼神也沒有離開那美麗的背叛者——帶著憤怒與愛的陶醉。」

★★★

我在那長滿金銀花的露臺上邊吃早餐邊看《朱蒂絲傳》22，真羨慕赫諾芬尼啊，因為他被朱蒂絲這位有著帝王氣質的女子砍了頭，他的死帶著血腥的美感。

當萬能的上帝懲罰他，就將他交到女人手中。

很奇怪地，這句話令我印象深刻。

這些猶太人真是太不懂風情了，我想。當提起女性時，他們的上帝該會用一些更恰當的詞來形容吧。

「當萬能的上帝懲罰他，就將他交到女人手中。」我喃喃自語地重複著。我該怎麼做，才能讓萬能的上帝也懲罰我呢？

願上帝保佑！房東太太走了進來，才過一夜她又小了一些。在綠色的葡萄藤中那白色的長袍又出現了。那到底是維納斯還是樓上的寡婦？

這次是樓上的寡婦，她先向塔爾塔科夫斯卡太太行禮問好，然後問我是否可以借些書給她看。我馬上跑回房間，抱了一大堆出來。

後來我才想起來那張維納斯畫像也夾在其中，太晚了，那張畫像和我激情澎湃的題詞都在她手裏了。她看到了會怎麼說呢？

我聽到她笑了。

她是在笑話我嗎？

一輪圓月從公園另一邊低矮的鐵杉上緩緩升起。銀色的薄霧瀰漫在陽臺上，樹林裏，眼前所能看到的所有景物裏，慢慢地散到遠方，像泛起漣漪的水一樣漸漸消失了。

我還是忍不住了，有一種神奇的力量在召喚著我，我又穿上衣服，走進花園中。

22 朱蒂絲（Judith），舊約聖經描述古希伯來寡婦朱蒂絲色誘亞述將軍赫諾芬尼，趁其熟睡時割下其頭顱。

冥冥中，有一種力量指引著我走向草地，走向她，我的女神，我的愛人。

深夜，有些冰涼，我輕輕打了冷顫。空氣裏充滿了樹木和花草的香味，太令人陶醉了！

多麼沉靜的環境啊！慢慢地，四周彷彿響起音樂，夜鶯在哭泣著，星星在藍色的微光中閃爍。草地在月光下似乎變得光滑平整，就像鏡子一樣，又像池塘上結的冰。

我的維納斯女神莊嚴肅穆地站立著，在月光的照耀下閃閃發光。

但，這時，發生了什麼？一件黑色的毛皮大衣從石雕女神的肩膀滑落到她腳跟上。霎時間，我呆呆地站在那兒，驚愕地盯著她。又有一種無以名狀的恐懼將我緊緊的包圍，令我轉身就逃。

我加快了腳步，這時，我才注意到沒走到主道上，正當我想從旁邊的小路繞回去時，我看到前面的石椅上坐著一位「維納斯女神」，不是那尊完美的女神像，而是活生生的愛的女神。她真真切切地來到我的生活中，就像那尊女神像開始呼吸了一般。但是，奇蹟只發生了一半。她白色的頭髮似乎像石頭一樣發亮，她白色的袍子像月光般微微發光，也許這袍子是緞面的。黑色的毛皮大衣從肩膀上垂下來。她的嘴唇紅潤，臉頰上也泛著紅光，望著我，眼睛裏閃爍著惡魔般邪惡的綠光——隨後她大笑起來。

她的笑聲非常神祕，非常——我不知道，很難去形容，但可以肯定的是，這笑聲將我的魂魄都勾走了。我一直逃，每跑幾步後，我都得停下來喘口氣。這嘲弄般的笑聲卻一直跟著我穿過昏暗的林蔭小路，穿過明亮的空地，鑽進那只有月光才能穿過的灌木叢裏。最後我迷路了，四處遊蕩，冷汗從額頭上流下來。

最後，我傻站在那兒，演一齣獨角戲。

她也走了，一個也許文雅也許粗俗的人走了。

我自言自語道：「蠢驢！」

這個詞在我身上起到很大作用，就像是有魔力一樣的，將我釋放，讓我又能主宰自己。

一時間，我完全平靜下來。

帶著一陣狂喜，我不住反覆說道：「蠢驢！」

眼前的一切又都明朗起來，溫泉、黃楊夾道的小路，還有我那慢慢靠近的房子。

然而——就在剎那間那個影子又出現了。在月光的照耀下，那綠樹彷彿鑲上了銀色的花邊，就在綠樹後，我再一次看到那個白色的身影，令我又愛又怕的石頭般的女子又出現了。

我飛快地跳了幾步，跳進屋子，喘了口氣，沉思起來。

難道我真的只是一個不起眼的半吊子或者一個大蠢驢？

一個悶熱的早晨，空氣彷彿是靜止不動了，充斥著刺鼻的味道。我坐在露臺上，正看著《奧德賽》，妖媚的巫婆將她的仰慕者變成了野獸，一幅多麼美妙的古代愛情之景呀！樹梢上傳來輕輕的沙沙聲，我翻書頁時也發出沙沙的聲音，還有露臺也一樣。

一個女子的長袍——

她在那兒——維納斯——但沒有穿著毛皮大衣——不，這次只是樓上的寡婦——但，她也是個維納斯！

她穿著輕盈的白色長袍望著我，窈窕的身段充滿了詩意與高雅。她的身材正正好，不胖也不瘦，臉蛋很吸引人，感覺像是法國侯爵夫人，有著一種活潑勝過嚴肅的美。她飽滿的紅唇是那麼柔軟、迷人！她的皮膚那麼細嫩，以至於看得到青青的血管，甚至透過了手臂和胸前薄薄的衣服。她紅色的頭髮多麼豐盈——是紅色的，不是黃色，也不是金色的，輕輕地纏繞著她的脖子。她的眼睛與我四目相交，閃出綠色的光芒——是的，她綠色的眼睛散發著無法形容的魅力，像是珍貴的寶石，還像深不可測的深山的湖水。

她看出了我的迷惑，這令我覺得窘迫不堪，因為我仍坐著沒動，帽子也沒脫下來。

她淘氣地笑了。

而後，我站了起來向她一鞠躬。她走得更近了，突然間像孩童般笑了起來。我像個傻瓜一樣居然在這種時候結結巴巴起來。

我們就這樣認識了。

這位女神問了我的名字，也介紹了她自己。

她叫汪妲·馮·杜娜耶。

實際上，她就是我的維納斯。

「但是，夫人，妳怎麼有這種想法？」

「夾在你書裏的那張圖片——」

「啊，我都忘了。」

「它背後那令人好奇的題詞——」

「為什麼令人好奇？」

她看著我。

「有時候，我總是想瞭解一些真正的夢想家，希望體會不同的感受——而你就是最瘋狂的一個。」

「尊敬的女士——實際上——」該死的，我又變得口吃了，還臉紅了。只有十六歲的年輕人才會這樣，我都老了十歲了。

「昨晚，你害怕見到我？」

「是這樣的——當然——妳不想坐下說嗎？」

她坐在那兒，享受著我的尷尬——事實上，在現在的大白天裏，我甚至比昨天晚上更怕她了。她的上唇抽動著，像是在嘲笑我。

「你將愛，特別是女人，」她開口說道：「當做是種充滿敵意的東西，當做是你要反抗的東西，儘管不怎麼成功。你認為愛的力量對你來說是一種快樂的折磨，是刺激的殘酷。這個觀點很現代。」

「妳不這麼認為？」

「我不這麼認為。」她脫口而出，沒有絲毫猶豫。她搖著頭，卷髮揚起紅色火焰。

「我想要在我的人生裏實現的理想是希臘人的平靜——沒有痛苦的快樂。我不相信那些基督教徒、那些現代人、精神騎士們鼓吹的所謂的愛。是的，看看我吧，我就是比異端者更異端，我是個異教徒。

當愛神在艾達山的小樹林裏愛上英雄阿基里斯的時候，你認為她經過長時間的考慮了嗎？

「這些來自於歌德《羅馬悲歌》中的詩句總令我欣喜。

「實際上，只有英雄時代才存在愛，『當天神與女神相愛的時候』。在那個時候，

『仰慕產生於匆匆一瞥，快樂由仰慕而生』。所有其他的都是虛偽的、做作的、騙人的。基督教可怕的象徵——十字架，總是令我覺得恐怖。基督教徒總是把這些奇異的、充滿敵意的東西帶到這個世界來。

「與感官世界的精神之戰是現代人的信仰。我可不想碰它，哪怕是一丁點。」

「是的，女士，奧林帕斯山是很適合您的地方，」我回答道，「但是我們現代人不再支援這古時的平靜，至少在愛情上不。一想到要和其他人——哪怕是和其他人分享阿斯帕西婭[23]，我們都感到反感，我們像我們的神一樣善於嫉妒。比如說，我們已經將美人芙麗涅[24]的名字變成了一個用來辱罵的詞語了。

「我們寧願愛上一個霍爾班[25]的處女，儘管她長相平平，臉色蒼白，但她是真正屬於我們的。然而古代的維納斯女神，無論她有多麼的美麗，但她總是見異思遷，今天愛上安紀塞斯[26]，明天愛上帕里斯王子[27]，後天又跟了阿多尼斯[28]。假如天性戰勝了我們，讓我

23 阿斯帕西婭（Aspasia），與蘇格拉底、柏拉圖同一時代，自幼接受教育，才學膽識超越一般男性，據說是以高級藝妓的方式謀生，以智慧、機智、美貌著稱。
24 芙麗涅（Phryne），古希臘最著名的交際花之一，在當時以美貌出名。
25 霍爾班（Hans Holbein，約一四九七—一五四三），是德國文藝復興中最為重要的一位人像畫家。
26 安紀塞斯（Anchises），希臘神話裡的特洛伊王子，與愛神維納斯發生情愫，生下了埃涅阿斯（Aineías），其子孫建立羅馬城。

們放任自己瘋狂地愛上那樣一個女子，她生活的平靜與歡樂在我們看來是邪惡與殘酷，我們也把這種快樂當成是我們必須彌補的一種罪惡。」

「所以，你也是眾多追求現代女人、追求那些可憐的歇斯底里的女人中的一員，這些女人不懂得欣賞真正的男子氣概，而漫無目的地尋找所謂夢中情人。她們每天在大喜大悲中抱怨那些基督教職責；她們欺騙著別人也同時被人欺騙著；她們總是一再地尋找著、選擇著、拒絕著；她們從來都不快樂也從未給別人帶來快樂。她們控訴命運而不願意冷靜地承認她們想像海倫和阿斯帕西婭那樣活著、愛著。大自然並不容許男女之間的關係能夠永恆。」

「但是，我親愛的夫人——」

「請讓我講完。想要將女人當成寶藏般珍藏起來，只是男人的自我主義在作祟。為了讓愛能永恆，讓愛這種最易變化的東西永存於善變的人類中所做出的努力，不管是神聖的宗教儀式，莊嚴的宣誓，還是合法化儀式，最後都以失敗告終。你能否認我們的基督教世界正在腐化嗎？」

「但是——」

「但是，你想要說的是，那些反抗社會安排的人總是要被驅逐、被譴責、被懲罰。是的，我很願意去嘗試一下，我就是個徹底的異教徒。我將要過著滿意的生活。我寧願不要你偽善的尊重而選擇簡單的快樂。基督教婚姻的發明者做得好，因為他同時發明了一種不朽的形式。然而，我不想活到永遠。假如，我，汪妲．凡．杜娜耶的所有一切都隨我最後呼吸而結束的話，那去擔心我純潔的靈魂是否在天使唱詩班唱歌有意義嗎？擔心我的塵埃是否變成新的事物存在還有意義嗎？難道我該永遠歸屬於一個我不愛的男人，僅僅因為我曾經愛過他嗎？不，我不願意放棄，我愛那些令我開心的男人，我願將快樂帶給每個愛著我的男人。難道這樣很不堪嗎？不，這至少比我殘忍地折磨一個為我憔悴的男人要好得多。我年輕、富有、漂亮，正如我所說的，我活著就是為了尋找快樂和享受生活的。」

當她在說話時，她的眼神裏透露著頑皮。我緊緊地抓住她的手而不知該怎麼辦，但我真的是個道道地地的傻瓜，我竟然就放開了。

「妳的坦白，」我說，「打動了我，還不只這些——」

我那該死的怯懦現在又令我結巴了，就像是有條繩子將我脖子勒住讓我說不出話來。

「你想說什麼？」

「我想說的是——我說——對不起——我剛才打斷妳了。」

27 帕里斯（Paris），希臘神話裡的特洛伊王子，勾引斯巴達王后海倫，引發特洛伊戰爭。

28 阿多尼斯（Adonis），希臘神話裡的美男子。

「然後怎麼樣?」

接下來誰也沒說話,沉默了好一會兒。她顯然陷入了自己的思維中,自言自語的,這樣的情形用我的話來說就是一個詞:「蠢驢。」

「假如允許的話,」我最後開口了,「妳怎麼得出這些——這些結論的呢?」

「相當簡單,我父親是個智者。我從小時候就在一個古代藝術的氛圍中成長,在十歲的時候,我看《吉爾.布拉斯》[29],在十二歲的時候,我看《聖女貞德》。當其他小孩和小拇指、藍鬍子、灰姑娘做朋友的時候,我的朋友是維納斯與阿波羅,大力士海克力斯[30]和拉奧孔[31]。我丈夫的性格真誠開朗,即使在我們婚後不久他得了不治之症的時候也沒有皺過眉頭。在他臨死那晚,他將我抱在懷裏。在他坐在輪椅上的那幾個月裏,他經常開我玩笑:『呃,妳是不是有仰慕者呢?』我的臉羞紅了。『不要欺騙我,』有一次他加上這句話,『欺騙只會令我厭惡。找一個英俊小生或是其他適合妳的男人吧。妳是個出色的女人,但也只是個半大不小的小孩,妳還需要些玩具。』

「我想我不需要告訴你在他有生之年裏,我是沒有情人的;但也是因為他,他的這些話,令我變成現在的樣子,一個希臘女子。」

「一個女神。」我打斷她。

「哪一個?」她笑著說。

「維納斯。」

她皺著眉頭，伸出手指嚇唬我：「也許，真的有一個穿著毛皮大衣的維納斯。你當心了，我有一件非常非常大的毛皮大衣可以將你整個包住，我有可能就將你網在當中了。」

「妳相信嗎？」我飛快地說，因為當時我腦子裏閃過一個似乎很棒的想法，儘管它實際上既老套又陳腐，「妳相信妳的理論在現在可以付諸實踐嗎？維納斯能夠以她那不著寸縷的美和恬靜，不受懲罰地在今日有著鐵路和電報的世界遊蕩嗎？」

「不著寸縷！當然不是的，應該是穿著毛皮大衣，」她笑著回答道，「你想看看我的嗎？」

「然後呢——」

「什麼然後？」

「想要像希臘人那樣美麗、自由、恬靜、幸福的話，就得擁有能夠為他們幹活的奴隸。」

29 吉爾・布拉斯（Gil Blas），法國作家阿蘭・勒內・勒薩日（Alain René Lesage）創作的一部流浪冒險小說（1715-35年）。

30 海克力斯（Hercules），希臘神話裏宙斯之子，力大無比的英雄。

31 拉奧孔（Laocoön），特洛伊城阿波羅神殿的祭司，在特洛伊戰爭中因警告特洛伊人勿中木馬計而觸怒天神，連同兩個兒子被雅典娜女神派來的兩條大海蛇纏死。

「當然，」她開玩笑地說，「一個奧林帕斯女神，比如我，就要有一隊的奴隸們。你得當心哦！」

「為什麼？」

我被她的話語嚇到了，脫口而出地問了「為什麼」，而她對此一點也不驚訝。

她的嘴唇微微上翹，露出小小的潔白的牙齒，然後輕輕地說，好像她要說的事情無關緊要似的：「你想成為我的奴隸嗎？」

「愛情中沒有什麼公平可言，」我嚴肅地說，「當要我做出選擇——統治或服從的時候，我更願意接受漂亮女人的統治。但是我該上哪兒找這樣一個懂得如何冷靜、自信，甚至是嚴酷地統治男人的女人，而不是靠對小事嘮嘮叨叨來制伏男人的女人呢？」

「哦，這不難啊！」

「妳認為——」

「比方說，我。」她笑道，背向後靠著，「我有著專制的天分——我也有象徵專制的毛皮大衣——但昨晚你著實被嚇得不輕啊！」

「是的，相當嚴重！」

「那現在呢？」

「現在？比之前任何時候嚇得都厲害呢！」

我和——維納斯，我們現在每天都在一起，大部分時間都待在一起。在我那長滿金銀花的露臺上吃早餐，在她小小的會客室裏喝茶。我可以在她面前展現我那小小的才華。假如我不能為這麼漂亮嬌俏的女子服務的話，那麼我對各種科學的研究，還有各種藝術才華又能有什麼用呢！

但這個女人並非是沒有影響力的，事實上她給我留下的印象是很驚人的。今天，我為她畫像，很明顯地感覺到她摩登的著裝與她石雕般的頭實在是不配。她的臉型更像是個希臘人而非羅馬人。

有時我將她畫成美麗善良的賽姬公主[32]，而有時是英勇善戰的亞斯塔蒂[33]。這取決於她眼睛裏所透露出來的光芒是如夢幻般曖昧的，還是帶著強烈的渴望，儘管有些疲倦。然而，她堅持只要一種肖像畫。

我該給她畫上毛皮大衣。

32 賽姬公主（Psyche），希臘神話裏愛神丘比特的妻子。
33 亞斯塔蒂（Astarte），腓尼基人所崇拜的豐饒女神，掌管愛情和生育。

對此，我怎麼能有任何遲疑呢？除了她，還有誰更適合這高貴的毛皮大衣呢？

昨天晚上我給她念《羅馬悲歌》，然後我將書放在一邊，臨時發揮了一下，她看上去很滿意，還不止這些，實際上，她被我的一字一句所吸引住了，以至於她的胸膛跟著起伏。

或者是我弄錯了？

雨點輕悠悠地打在窗戶玻璃上，火焰在壁爐裏劈啪作響，似乎想給這寒冷的冬天帶來些溫暖。和她在一起，讓我有家的感覺，有一刻我對這個美人的畏懼全都拋諸腦後了；我親吻著她的手，她也默許我這麼做。

然後，我坐在她的腳邊，將我寫給她的短詩念給她聽。

**穿毛皮的維納斯**

將妳的腳踏在奴隸背上吧，
哦，妳！妳是邪惡與夢幻的化身，
在這一片黑暗陰影中，
唯有妳修長的身影閃閃發光。

等等……這次，我的詩當然不止這第一段。在她的要求下，我那天晚上就給了她這首詩，沒有存底。而現在，在我寫日記的時候，只能回憶起第一段。

我正陷入一段很古怪的感情當中。我不相信我愛上汪妲了；在第一次見面的時候，我對她並沒有那種觸電的感覺。但是，她的與眾不同，超凡的美麗漸漸令我掉入這個魔幻般的陷阱之中。這並不是精神上的同情，是一種生理上的征服，來得緩慢卻很徹底。

我每天都陷得越來越深，而她——她只是微笑。

今天，無緣無故地，她突然對我說：「你喜歡我。大多數男人都很普通，沒有任何氣魄或詩意。而你，有著一定的深度、熱情和深沉，這些都打動著我。我可能會學著愛上你。」

在一場短暫卻猛烈的暴雨過後，我們一起走到草地上來，走向維納斯女神像。周圍到處是泥濘，空氣中薄霧籠罩猶如熏香環繞，殘缺的彩虹掛在空中。樹上時不時的還有水珠滴下，麻雀和雲雀已經忙碌地在嫩枝上穿梭，歡快地唧唧喳喳叫著，好像在為什麼事歡呼。到處都充滿著清新的香氣。由於草地是濕的，我們無法穿越過去。在陽光的照耀下，草地看上去像是個小池塘，而愛之女神像是從這波光粼粼的水面上升起似的。在她頭上有一堆的小飛蟲在跳舞，在陽光的照射下，閃閃發光，彷彿是在她頭上的一圈光環。

汪妲沉浸在這美景當中。因為這沿路的長椅還是濕的，她就靠在我的肩膀上休息了一會兒。她顯得有些累了，眼睛半閉著，我能感覺到她的呼吸。

我不知道我怎麼會鼓起那麼大的勇氣，但那時，我緊緊握住她的手，問道：

「妳能愛我嗎？」

「為什麼不呢。」她回答道，冷靜而清澈的眼神停在我臉上，儘管時間並不長。過了一會兒，我跪在她面前，將我的臉貼在她的大衣上。

「塞弗林，這樣不行。」她叫道。

但是我卻緊緊握住她的小腳，輕輕地親吻著它。

「你越來越放肆了！」她呵斥道。她掙脫開來，逃回屋子去了。然而，她那可愛的拖鞋掉在了我手裏。

難道這是個預兆？

接下來的一整天，我都不敢靠近她。到了傍晚，當我坐在露臺上的時候，她突然從陽臺上綠油油的葡萄藤中探出頭，露出紅色的頭髮來，不耐煩地喊道：「你為什麼不上來？」

我馬上跑上樓，到了樓上的時候，我又膽怯了。我輕輕地敲了敲門。沒聽見她說進來，但她卻自己來開門了，站在門口。

「我的拖鞋呢？」

「它在——我——我想」我結結巴巴地說道。

「去！把拖鞋拿上來，然後我們喝茶聊天。」

當我再回來時，她已經開始泡茶了。我鄭重地將拖鞋放在桌子上，然後像個等待受罰的小孩一樣站在角落裏。

我注意到她的眉毛輕輕地皺了一下，嘴角中透露著嚴酷與專制的意味，這個樣子真令我著迷。

她突然間笑了出來。

「所以——你是——真的愛我了？」

「是啊，妳想像不到我每天所受的煎熬。」

「受煎熬？」她再一次大笑道。

她的笑聲令我反感，覺得受到羞辱，受到傷害，但所有這些都沒有用。

「為什麼這樣呢？」她繼續問道。「我全身心地喜歡著你。」

她把手遞給我，微笑地看著我。

「那麼，妳願意嫁給我，做我的妻子嗎？」

汪妲看著我——該怎麼形容她看著我的樣子呢？我想她首先是覺得驚訝，然後略微有些憤怒。

「你怎麼突然有這麼大的勇氣？」

「勇氣？」

「是的，有勇氣，有勇氣向別人求婚，特別是向我求婚？」這時，她舉起拖鞋，「是突然跟這拖鞋建立友誼了嗎？——開個玩笑。回到正題，你真的想跟我結婚嗎？」

「是的。」

「那麼，塞弗林，這可是一個嚴肅的問題。我相信，你愛我，而且我也關心你。更重要的是現在我們彼此互相欣賞，所以現在我們不會厭倦對方。但是，你知道，我是一個善變的人，所以對於結婚我特別的慎重。一旦我承擔起這責任，我應該能夠遵守它們。但是——我擔心——如果我沒能夠遵守——那麼我就傷害了你。」

「請完全對我坦白。」我回答道。

「呃，那麼，坦白來說，我不相信我能夠愛一個男人超過——」她將頭優雅地轉向一邊，沉思著。

「一年？」

「你這麼想的？——可能只有一個月。」

「甚至是我也只有一個月？」

「哦，你嘛——也許兩個月吧。」

「兩個月！」我驚呼道。

「兩個月已經非常久了。」

「夫人，這可不是在古代。」

「你看看，你就是沒辦法承受這個事實。」

汪妲穿過這房間，斜靠在壁爐旁，望著我，將胳膊放在壁爐架上。

「對你，我該怎麼做呢？」她重新開始問我。

「妳想怎麼做就怎麼做吧，」我順從地回答道，「只要妳高興就好了。」

「這多麼不符合邏輯啊！」她叫道，「首先，你想要我成為你的妻子，然後現在你卻願意變成我的玩偶。」

「汪妲——我愛妳。」

「現在我們又退回到原點了。你愛我，希望我做你的妻子，但我不想被新的婚姻所捆綁。因為我對於我們的感覺是否能永久是持懷疑態度的。」

「那如果我寧願冒險也要跟妳在一起呢？」我回答道。

「但這要取決於我是不是也願意冒這個險啊！」她平靜地回答道，「我可以輕鬆地想像我會一直屬於這樣一個男人，他是一個全能的出類拔萃的人，他可以掌控著我，他用他的魅力來征服我，你明白這才是我想要的嗎？而我相當清楚地知道，每個男人，一旦陷入愛中，就變得軟弱、順從和可笑。他將自己送到所愛女人的手中，願意跪拜在她面前。我唯一可能永遠愛著的人必須是令我傾倒、令我拜倒在他面前的人。然而，因為我也這麼喜歡你，所以我願意試著與你在一起。」

我感動得跪倒在她腳下。

「我的上帝，你現在就已經開始拜倒了，」她奚落我道，「這是個好的開始。」當我站起來的時候，她繼續道，「我將給你一年的時間來征服我，讓我相信我們是適合對方的，我們該生活在一起。如果你做到了，我就會嫁給你，做你的妻子，塞弗林，做一個盡職盡責的妻子。在這一年裏面，我們要像夫妻一樣的生活——」

我的血衝上了腦門。

我也在她的眼睛裏看到了閃過的光芒——

「我們將住在一起，」她繼續，「分享我們的生活，這樣我們可以發現是否真的適合對方。你有權利在這期間做我的丈夫、愛人和朋友。這樣，你滿意嗎？」

「我猜，我一定得滿意。」

「你不用勉強滿意的。」

「那麼，我想要——」

「很好！這才像一個男人該說的話。來，牽著我的手！」

接下來的十天裏，除了晚上，我每時每刻都跟她待在一起。我盡情地看著她的眼睛，握著她的手，聽她說話，陪她去所有地方。

對我來說，我的愛就像是一個無底的深淵，我也陷得越來越深。現在已經沒有什麼能夠將我拉出這個深淵。

這天下午，我們在草地上休息，就坐在維納斯石雕像腳下。我摘下花，將它們放在她的衣兜裏。她將這些花編成一個花環，戴在維納斯石像頭上。

突然，汪妲很奇怪地看著我，這令我變得困惑了，激情就像火一樣掃過我的頭腦令我無法控制自己。我伸出手緊緊地抱著她，親吻她的唇。而她——她將我拉近，靠在她起伏不停的胸前。

「妳生氣嗎？」我試著問她。

「我從來不會為正常自然的舉動感到生氣——」她回答道，「但是我擔心你受到傷害。」

「哦，我正在遭受可怕的痛苦。」

「可憐的人！」她理了理我前額上淩亂的頭髮，「我希望這不是我的錯。」

「不——」我回答道，「當然不，是我對妳的愛幾乎演變成一種瘋狂。我整天整夜地擔心會失去妳，可能我真的會失去妳。」

「但是你還沒有擁有我呢。」汪妲說道，她再次看著我，帶著興奮強烈的表情，就是這個表情讓我神魂顛倒。然後她站了起來，她的小手將藍色的銀蓮花戴在維納斯的頭上。我不情願地抱住汪妲的腰。

「哦，妳這神奇的女人，我再也不能過沒有妳的生活，」我說，「相信我，就相信這一次，這一次不是刻意討好，也不是在說夢話。我心靈最深處堅信我的生命與妳緊緊相連。如果妳離開我，我將會崩潰，將會死去。」

「沒有這樣的必要，因為我愛你，」她捧起我下巴，「你這傻瓜！」

「但只有我符合了妳的條件，妳才是我的，然而我無條件地屬於妳——」

「塞弗林，這並不明智，」她有些震驚地回答道，「難道你還不瞭解我，或者是你絕對不想瞭解我？當一個人理智、嚴肅地對待我時，我會很有分寸，但是如果像你這樣屈服於我，會令我變得自大傲慢——」

「那就這樣吧，儘管自大傲慢、蠻橫專制，」我大喊道，語氣裏帶著興奮，「只對我一個，永遠只對我一個人。」我靠在她腳邊，抱住她的膝蓋。

「那樣到頭來不會有好結果的，我的朋友。」她躺著不動，嚴肅地說道。

「不會到頭的，」我激動地嚷道，幾乎是歇斯底里，「只有死才能將我們分開。如果妳不能屬於我，不能完全屬於我，不能永遠屬於我，那麼我想做妳的奴隸，服侍妳，忍受妳所有的事情，只要妳不趕我走。」

「你冷靜點，」她說道，彎下腰，親吻著我的前額，「我真的很喜歡你，但是你的做法不是征服我、擁有我的正確方法。」

「我願意做任何妳想做的事，絕對是任何一件妳想做的事，只要能不失去妳，」我叫喊道，「不要離開，想起這，我就沒有辦法承受。」

「起來！」

我順從地站了起來。

「你真是個奇怪的人，」汪妲繼續說道，「你不惜任何代價擁有我？」

「是的，任何代價都可以。」

「但是假如我不再愛你了，或者我屬於了別人，」她像在考慮著什麼，眼裏隱約帶著怪異的神情，「比方這麼說的話，那擁有我又有什麼意義呢？」

聽到這，我渾身打了個冷顫。我凝望著她，她——一動也不動，自信滿滿地站在我的面前，她的眼神裏閃過一絲冷酷的光芒。

「你看，」她繼續說道，「你被這種想法嚇到了吧。」她的臉上突然露出燦爛的笑容。

「當我想到我愛的、同時也回應了我的愛的女人竟然無視我而投入了另外一個人懷抱的時候，我感到極度惶恐。但是我還能有別的選擇嗎？如果我愛上這樣一個女子，甚至可以說是瘋狂地愛上她，難道我能因為自傲而背叛她，而失去這所有一切嗎？這無異於我拿槍對著自己的腦袋，我會這麼做嗎？在我心目中有兩種理想的女人。如果我不能夠使一位高貴單純的女子忠誠於我，與我共度此生的話，那麼我也不能半途而廢，或對她冷淡下來。我寧願受一位無德、不忠、也沒有同情心的女人使喚。這樣一個自私的女子也是我的一個理想物件。如果我不能享受著一份完整的愛，那麼我就想嘗嘗受折磨這種痛苦的滋味；我寧願被我愛的女人虐待、背叛，越殘忍越好。這也是一種奢侈的享受啊！」

「你失去理智了嗎？」汪妲大喊道。

「我用我身心所有一切深愛著妳，」我繼續說，「妳的存在，妳的個性，妳的所有對我都非常重要，是我繼續活下去的動力。請在我理想的女性類型中做出個選擇吧，不管是做為妳的丈夫還是奴隸，都讓我為妳做妳想做的事吧。」

「這很好，」汪妲說道，皺起她那細細彎彎的柳眉，「對於我來說，掌控一個對我感興趣與愛我的男人是很有意思的。至少我不會無聊了。你太魯莽了，把這個做決定的權利留給我。那麼我決定，我想讓你成為我的奴隸，我要你成為我的一個玩偶。」

「哦，就這麼做吧。」我半驚顫半驚喜地叫道，「如果婚姻是建立在雙方同意、互相平等的基礎上，那麼當雙方是對立的時候，會產生最強烈的感情。而我們正是對立的，幾乎可以說是敵人。這也是我對妳的愛夾雜著一半怨恨一半懼怕的原因了。這樣的關係就好比一個人是錘子，另一個是砧板。而我希望成為妳的砧板。如果讓我俯視我所愛的人，這令我覺得不開心。我想抬頭仰望她，特別是當她對我殘酷的時候。」

「但是，塞弗林，」汪妲生氣地嚷道，「你認為我能夠虐待一個像你這麼愛我也為我所愛的人嗎？」

「為什麼不呢？如果那樣能讓我更崇拜妳的話。我們男人有可能只愛高高在上的女人，一個用她的美貌、氣質、智慧、意志征服男人，然後成為一個淩駕於我們之上的專制的女人。」

「那麼那樣的女人只會吸引你而令其他男人厭惡。」

「是的，這就是我奇怪的地方。」

「可能是，畢竟在你的感情中沒有其他什麼特別或者與眾不同的地方，因為有誰會不喜歡這漂亮的毛皮呢？而且每個人都知道，都能感覺到色情和殘酷之間緊密相連。」

「但是，對我來說，這些都達到了一個最高的極限。」我回答道。

「換言之，理智對你來說起不了什麼作用，你生來性格溫和、敏感，容易屈服。」

「那些殉教者也都是天生溫和、敏感的嗎？」

「殉教者？」

「相反地，他們是超感官的人，他們在煎熬中找到快樂。他們尋找著世界上最殘酷的折磨，甚至是死亡，就像其他人尋找著快樂一樣。而我——就是一個這樣的超感官的人。」

「你要小心不要成為愛情的殉教者、女人的殉教者。」

在夏夜裏，空氣裏充滿著甘醇的香氣，我們坐在汪妲的小陽臺上，頭上有著雙重屋頂。頭一層是葡萄藤搭的綠色屋頂，然後是萬點星星點綴著的夜空。小貓發情的低聲哀嚎從公園裏響起。我坐在我的女神身邊的小凳子上，跟她講我的童年。

「所有這些怪異的性格在那個時候就已經體現出來了？」汪妲問道。

「是的，我已經記不得沒有這些性格的時候了。甚至是在我的幼年時期，我母親告訴我，我是個超感官者。我拒絕吃我保姆健康的母乳，他們只好給我喝羊奶。當我還是小男孩的時候，每當在女性面前我都會顯得特別害羞，這是我對女性特別感興趣的表現。我害怕教堂的灰色拱頂，半黑色的牆。在火光閃閃的祭壇前，在聖徒們的畫像面前我會驚慌失措。我偷偷地喜歡上了我父親小圖書室裏的維納斯石膏像。我跪在她的面前，對她說我學到過的祈禱，包括主禱文、萬福瑪麗亞的教誨和基督教的信條。

「有一個晚上，我起床去看她，鐮刀般的月亮給了我光芒，照亮了黑暗的路，將我的女神籠罩在一層淺藍色的冰冷的光輝下。我拜倒在她面前，親吻著她冰冷的腳，就像是那些農民親吻著死去的救世主的腳一樣。

「一種不可控制的嚮往的感覺牢牢地將我抓住。

「我站起來，擁抱著她那冷冰冰的曼妙的身體，親吻著那冰冷的雙唇。突然我打了個冷顫，然後就逃跑掉了。後來在夢裏，好像女神來到我的床邊，舉起手臂威脅著我。

「我很早就被送入學校，很快，我就念到了高級中學。我狂熱地學習著古代給我們留下的所有東西。不久，我對希臘諸神的瞭解比對基督教還熟了。我與帕里斯王子一起給了維納斯那個決定命運的蘋果，我看到了特洛伊城在燃燒，跟著尤利西斯[34]一起流浪。所有這些故事的原型都已經深深地烙在我心靈深處。當其他男孩變得粗魯、猥褻的時候，我對所有那些低級、粗俗、醜陋的事物感到無比的討厭。

「對那時正在慢慢成熟的年輕人——我來說，愛上女人看起來是特別低級、醜陋的事，因為愛上女人是所有男人都會做的事。我避開所有跟性有關係的接觸，簡單地說，我是個瘋狂的超感官者。

「當我大概十四歲的時候，我媽媽有一個長得很漂亮的女僕，她身材凹凸有致，很是迷人。有一天，當我在研究我的塔西圖斯[35]，沉浸在古代日爾曼民族美德中的時候，她正好在打掃我的房間。突然間，她在我面前停了下來，彎向我，她手裏還緊握著掃帚，她那鮮嫩、豐滿、可愛的雙唇親了我一下。這個迷戀我的小貓的吻令我渾身顫抖，我舉起我那本有關日爾曼民族的書當盾牌，擋住這個勾引男子的女僕，然後憤怒地跑出了房間。」

汪妲大笑起來：「確實很難找到一個像你這樣的男人了，繼續吧。」

「那個時期還有件令人難忘的事情。」我繼續講我的故事。

「索波爾伯爵夫人，我的一個遠方姑姑，來拜訪我的父母。她是個帶著迷人笑容的漂亮高貴的女子。然而，我卻憎恨她，因為全家都將她當做梅莎麗娜皇后[36]般對待。我就總是對她特別粗魯、敵意，盡可能地讓她難堪。

「有一天，我父母去了當地首府。我姑媽決定趁他們不在的時候，給我點顏色瞧瞧。她突然走了進來，穿著一件貂皮邊的外套，後面跟著廚子、廚房幫傭，還有那個令我瞧不起的可惡女僕。他們一聲不響就將我抓住，儘管我盡力掙脫，他們還是把我的手腳綁了起來。然後，我的姑媽，帶著邪惡的笑，捲起袖子，用一根結實的鞭子鞭打我。她用力鞭打著，我的血都流出來了。最後，儘管帶著我心裏的英雄氣概，我還是哭著向姑媽求饒。然後她才給我鬆綁，但是我還是跪在地上，感謝她對我的懲罰，還親了她的手。

「現在妳明白我這個笨蛋超感官者了吧！在漂亮女人的體罰下，我第一次感覺到了女人對我的意義。裹在毛皮大衣下的她對我來說就像是個憤怒的皇后，從那時候開始，在我心目中，姑媽變成了這個世界上最有吸引力的女人。

「我的弱點——比如拘謹和見到女人變害羞的毛病現在都不算什麼了，現在我渴望的是對美女的感覺。在我的想像裏，性欲變成一種祭拜。我對自己發誓，絕不把這神聖的財富用在凡人身上，我要保留給我的理想情人，如果她本身就是個愛的女神。

「我非常早就上了大學。那所大學就在姑媽居住的城市裏。在那時，我的房間看上去就像是浮士德的房間。那裏什麼東西都有，而且還很亂。碩大的壁櫃塞滿了書，這些書都是從一個賽凡尼卡街的猶太人手中買到的，買這些書僅僅是為了一首歌。屋裏還有地球

34 尤利西斯（Ulysses），就是荷馬史詩《奧德賽》（The Odyssey）的故事主角奧德修斯（Odysseus，拉丁名 Ulysses），特洛伊戰爭後，奧德修斯在外漂流十年才得以回到家園。

35 塔西圖斯（Tacitus，西元五五—一一八年左右），羅馬史家。

36 梅莎麗娜（Messalina），古羅馬皇帝克勞迪渥斯（Claudius）的皇后。

儀、地圖、小水瓶，一些高空製圖、動物骨架、頭顱、名人的半身像等等。似乎梅菲斯特隨時都可能像個思考中的學者那樣從那個巨大的綠色儲物櫃背後走出來。

「我雜亂無章、毫無篩選地學各種各樣的東西：化學、煉金術、歷史學、天文學、哲學、法律、解剖學和文學；我讀了許多作家的作品：荷馬，維吉爾[37]，奧西恩[38]、席勒、歌德、莎士比亞、賽凡提斯、伏爾泰、莫里哀，我還讀《古蘭經》、《宇宙論》和卡薩諾瓦[39]的《回憶錄》。我每天都感到更迷惑，幻想得越來越多，更像是個超感官者了。一直以來，有一個美麗的理想情人的形象在我的想像裏盤旋，時不時地，她像個幻影般出現在我眼前，出現在那包著皮邊的書上，在那動物的骨架上，她彷佛躺在盛開的玫瑰花叢上，被丘比特們環繞著。有時，她穿著奧林帕斯山神的長袍，有著像石雕維納斯那般蒼白的面容，有時留著棕色的頭髮，湛藍的眼睛，還穿著姑媽那件紅色的貂皮邊外套。

「一天早晨，當她又帶著那美麗的笑容，在我想像的金色迷霧上緩緩出現。那天，我去看索波爾伯爵夫人，她熱情友好地接待了我，還給了我一個吻表示歡迎，這令我心潮澎湃。她雖然已經四十歲左右，但就像世界上大多數保養得好的女人一樣，仍然很有吸引力。她還是穿著一件貂皮邊的外套，而這次是一件棕色貂皮邊、綠色天鵝絨的外套。這樣的她一點也看不出那當初令我歡愉的殘忍來。

「相反地，她一點也不殘忍，而是允許我崇拜她。

「她很快就發現了我超感官者的愚蠢和無知，這些令她樂意來逗我開心。至於我——我簡直是快樂似神仙。令我最興奮的是她允許我跪在她面前，親吻她的手，那雙鞭打我的手！那是雙多麼神奇的手啊！手形那麼漂亮，那麼纖細，那麼圓潤，那麼白，還有可愛的酒窩。在當時，我只愛上她的手。我玩著那雙手，讓它們在黑色的貂皮中時隱時現，將它們藏在避光的地方，它們簡直讓我看也看不夠。」

我注意到汪妲不自覺地看了看她的手，於是笑了。

「從以下這些行為妳就可以看出來超感官對我有多大的影響。先說我的姑媽，我只是愛上了她對我的殘酷鞭打。大概那之後兩年，我對一個年輕演員獻殷勤，只是因為我喜歡她扮演的角色。再之後，我愛上了一個令人尊敬的女士。她的品德看上去無可挑剔，但是最後她還是背叛了我，跟一個有錢的猶太人跑了。妳看，因為我曾經被那樣的女人背叛過，她假裝有著高尚的品德和完美的形象。因此我非常討厭那些理想化的感性的美德。如果一個女人能這樣向我坦白：我是一個像蓬帕杜夫人[40]那樣的人，一個像盧克萊西亞．博

37 維吉爾（Virgil，西元前七〇—一九），古羅馬詩人。
38 奧西恩（Ossian），古代愛爾蘭說唱詩人。
39 卡薩諾瓦（Casanova, 1725-1798），義大利探險家和作家，以大膽和放蕩不羈的生活聞名。
40 蓬帕杜夫人（Pompadour），法國十八世紀一位鐵腕女強人，憑藉自己的才色影響路易十五的統治和法國藝術。

爾賈[41]的人，那麼我將崇拜她。」

汪妲站起身來，打開窗子。

「你有一種奇特的方式，它能引起人的想像，刺激人的神經，令人心跳加速。只要夠真實，你甚至可以給別人的惡習也加上光環。你理想的物件是一個真正大膽的情婦。噢！你是那種能完全毀掉一個女人的男人。」

半夜，有人來敲我的門，我起身開門，驚呆了！穿毛皮的維納斯就站在門口，就像她第一次出現在我面前的樣子。

「你的故事激起我的想像，我躺在床上翻來覆去睡不著。」她說，「你出來陪陪我。」

「馬上來。」

當我走進汪妲房間時，發現她正蜷縮在壁爐旁，煽起一小團火。

「秋天要來了，」她開始說話，「夜晚已經逐漸變涼了，我擔心你會不高興，等待會屋裏夠暖和了，我才會脫掉我的毛皮大衣。」

「不高興——妳在開玩笑——妳知道——」我伸出手抱著她，親吻她。

「當然，我知道，但是為什麼對毛皮這麼情有獨鍾呢？」

「天生就喜歡，」我答道，「當我還是小孩的時候，我就這樣了。此外，毛皮對這個高度組織的大自然有一種刺激的作用。這是普遍而自然的法則。它就像是一種生理刺激，令人有麻刺的感覺，沒有人可以完全忽略它。科學證明電流與溫暖有著一定的聯繫，無論如何，它們在人體組織上的作用是有關聯的。住在熱帶的人通常比較熱情，這是由於高溫天氣引起的。電也一樣。這也就解釋了為什麼貓對聰明的人能有很大影響的原因，為什麼這些動物王國中的長尾的優雅小動物，那些可愛的、像充電電池一樣閃耀光芒的動物，成為穆罕默德、紅衣教主黎賽留[42]、柯瑞比蘭[43]、盧梭或者維蘭德[44]這一類人的寶貝。」

「那麼，一個穿著毛皮的女人，」汪妲嚷道，「不過是一隻大點的貓，是充了電的電池？」

「當然，」我回答道，「這是我關於毛皮做為力量與美貌的象徵意義的解釋。早期，只有君王和貴族們才能穿它，用它來區別身分。偉大的畫家只為如皇后般美麗的女人畫上

41 盧克萊西亞・博爾賈（Lucretia Borgia），羅馬傳說中的貞節婦女。
42 紅衣教主黎賽留（Cardinal Richelieu, 1585-1642），法國樞機主教、政治家，路易十三的重要大臣。
43 柯瑞比蘭（Crebillon, 1674-1762），法國劇作家。
44 維蘭德（C M Wieland，1733-1813），德國作家。

這毛皮大衣。比如拉斐爾將它畫在他愛的弗娜芮納身上，展現她最美麗的線條；提香也用它裝扮愛人玫瑰色的身軀。」

「謝謝你引經據典，在愛情方面做了精彩的闡述，」汪妲說道，「但是你並沒有把每件事情都告訴我。你還將某些特別的東西和毛皮聯繫在一起。」

「確實如此，」我叫道，「我已經再三地告訴妳，受折磨對我來說有著非凡的吸引力。再沒有什麼比專制、殘酷，特別是一個漂亮女人的不忠更能引起我的激情的了。而且我無法想像這樣一個不穿毛皮的女人的樣子，她源於醜陋中的美，是個奇怪卻又完美的形象，她有著費蕊茵[45]的身體和尼祿[46]的靈魂。」

汪妲打斷我說：「我明白了，它賦予女人統治與美貌。」

「不僅僅是這樣，」我繼續說道，「妳知道的，我是一個超感官者。對我來說，想像裏的每一件事情都是有根源的，然後被誇大化了。我是個早熟且高度敏感的人，在我十歲的時候，我就開始讀《殉教者傳奇》了。我還記得在讀它的時候，我感到恐慌，而這種感覺令我狂喜。我讀到書裏講到殉教者被囚禁在牢裏受折磨，日益消瘦，他們被利劍穿過，被沸水煮過，被丟到荒野餵野獸，被釘在十字架上。他們在受這麼殘酷的折磨時，卻還是快樂的。從那時開始，經歷和忍受這樣殘酷的折磨對我來說就是很快樂的，特別是被一個漂亮女人折磨。自此以後，對我來說，女人集所有美德與所有邪惡於一身。而我也逐漸地將這樣的想法變成一種信念。

「我認為性是神聖的，事實上，這是唯一神聖的東西。在女人和她們的美貌上我看到這樣的神聖，因為她們擔負著最重要的生存使命——繁衍後代。對於我來說，女人是大自然的化身，是伊西斯[47]。男人是她的牧師，是她的奴隸。與男人不同的是，當女人不再需要男人為她服務的時候，她會像大自然一樣殘酷地將男人拋棄。而對於男人來說，她的殘忍，甚至是將男人置之死地仍然是一種極大的享受。

「我羨慕甘瑟王[48]在新婚之夜被強大的布倫希爾女神[49]捆綁；我羨慕那位可憐的行吟詩人被他那反覆無常的女主人縫上狼皮，像追趕獵物似的追趕他，並以此為樂；我羨慕史提拉特騎士在布拉格附近的一個森林裏被大膽狡猾的亞馬遜薩爾卡誘捕，然後帶回薩爾卡的帝汶城堡之中，在城堡中耍了他一陣便將他壓死在車輪之下[50]。」

---

45 費蕊茵（Phryne），古羅馬的高級妓女，以美著稱。
46 尼祿（Nero），古羅馬暴君。
47 伊西斯（Isis），古埃及司豐饒、健康的女神。
48 甘瑟王（King Gunther），《尼伯龍根之戒》中的勃艮第國王。
49 布倫希爾德女神（Brunhild），北歐神話《尼伯龍根之戒》中的冰島女王。
50 捷克作曲家史麥塔那（Bedrich Smetana）創作的由六篇交響詩所組成的組曲《我的祖國》，其中第三篇描述捷克的民間傳奇故事。

「太噁心了，」汪妲大嚷道，「我差點希望你淪落在這一類野蠻的女人手中了；被縫上狼皮，被惡狗追咬，或是被壓在車輪之下，但如果這樣的話，你那些詩情畫意就不復存在了。」

「妳這麼想的？我可不。」

「你是不是真的失去理智了？」

「可能吧。讓我繼續講下去。我衝動瘋狂地閱讀那些無比殘酷的書。我尤其喜歡那些表現殘忍的圖片與畫。我看到殘酷的暴君坐在國王寶座上；審訊者折磨、烘烤、屠殺著殉教者們；所有歷史書上記載的貪婪、漂亮、暴力的女人，比如莉布絲[51]、魯克蕾齊亞・波吉亞[52]、匈牙利的艾格尼絲[53]、瑪歌皇后[54]、巴伐利亞的伊莎寶[55]、蘇丹的羅可莎琳[56]、十八世紀的沙俄皇后等等，我所看到的這些女人都是穿著毛皮或者帶貂皮邊的長袍的。」

「這就是為什麼現在毛皮能夠激起你奇異幻想的原因了。」汪妲邊說著邊妖媚地拉了拉那高貴的毛皮大衣，光鮮亮麗的黑色貂皮在她胸前和手臂上閃閃發光，「唔？現在你感覺怎麼樣？是不是已經感覺被壓在車輪之下了？」

她銳利的綠眼睛盯著我，帶著奇怪的嘲諷味道。我內心頓時激情澎湃，猛地衝過去跪在她面前，緊緊抱住了她。

「是的，妳已經激起了我最珍貴的幻想，」我驚呼道，「它已經沉睡太久了！」

「這樣呢？」她將手放在我的脖子後面。

我甜蜜地陶醉在她這雙溫暖的小手之中，在她半閉的雙眼的溫柔凝視之下。

「我願意做女人的奴隸，一個漂亮女人的奴隸，一個我所愛慕所崇拜的女人的奴隸。」

汪妲大笑著打斷說：「一個因此而虐待你的女人。」

「是的，一個捆綁我、鞭笞我，將我踩在腳下同時又還跟別人纏綿的女人！」

「還是一個會在你被嫉妒衝昏了頭而跟你的情敵會面時，把你當做禮物獻給那位贏了你的對手的女人。難道不是這樣的嗎？最後這樣一個戲劇性的場面不是更有趣嗎？」

我害怕地看了汪妲一眼。

「妳的說法超出了我的想像。」

「當然，我們女人是善於想像創造的，」她說道，「你得當心了，當你找到你理想的

51 莉布絲（Libussa），虛構的培密史利德王朝（Přemyslid）和所有捷克人的祖先。根據傳說，她在八世紀創建了布拉格。

52 魯克蕾齊亞．波吉亞（Lucretia Borgia, 1480-1519），羅馬教皇亞歷山大六世私生女。

53 艾格尼絲（Agnes），匈牙利王后。

54 瑪歌皇后（Queen Margot, 1553-1615），法王亨利四世的王后。

55 伊莎寶（Isabeau, 1370-1435），法王查理六世的王后。

56 羅可莎琳（Roxolane），奧圖曼帝國蘇丹蘇萊曼一世的妻子。

情人時，很可能她對待你的方式比你想像的要來得殘忍得多。」

「我想我已經找到我的理想情人了！」我雀躍道，將我滾燙的臉貼在她的膝蓋上。

「不是我吧？」汪妲大叫道，脫下毛皮大衣，大笑著在屋裏走了起來。當我下樓的時候她還在笑，甚至當我在院子裏沉思的時候，還能聽到她的笑聲。

「你真的希望我就是你理想情人的化身？」今天當我們在公園裏遇見的時候，汪妲頑皮地問。

剛開始的時候，我不知該說什麼好，我內心不同的情緒在鬥爭著。這時，她坐在石椅上，玩弄著手中的花。

「唉！我——我——」

我跪了下來，抓住她的手。

「我再一次懇求妳成為我的妻子，我真誠忠實的妻子；如果妳不願意，那麼請妳做我的理想情人，沒有任何條件，不用心軟。」

「你知道的，如果在這一年裏證實了你就是我想要找的那個男人，那麼在年底的時候我就將自己交給你。」汪妲嚴肅地說道，「但是我想如果我能為你實現內心的幻想，你將更感激我。那麼，你願意選擇哪一種呢？」

「我相信我所幻想的都潛藏於妳的性格之中。」

「你錯了。」

「我相信，」我繼續說道，「妳——一個喜歡完全掌控並折磨男人的女人——」

「不，不！」她急促地喊，「或者可能——」她又遲疑了。

「我也不瞭解自己了，」她繼續，「但是我不得不對你坦白，你污染了我的想像，讓我熱血沸騰。我開始喜歡你所說的事情。當你講到蓬帕杜夫人、凱薩琳二世，還有所有其他自私輕佻殘忍的女人時的激情令我無法控制自己，它控制了我的靈魂。它催促我變成那樣的女人——儘管邪惡，但是她們在有生之年受到了奴隸的崇拜，即使在死後，她們仍有神奇的魔力。

「你想通過我成為管轄範圍最小的女暴君，一個家中的蓬帕杜夫人。」

「那麼——」我激動地說，「如果這些想法是妳與生俱來的，那麼就順著妳內心的意思去做吧。但是不要半途而廢。如果妳不能成為我真誠忠實的妻子，那麼就做一個女魔頭吧。」

我在失眠之後就覺得神經緊張，與一個這麼漂亮的女人這麼親密的接觸令我感覺像發燒一樣。我不記得我說了什麼，但是記得我吻了她的腳，舉起她的腳放在我的脖子上。可是她立刻就放了下來，憤怒地站了起來。

「塞弗林，如果你愛我的話，」她飛快地說，聲音聽起來尖銳而專橫，「不要再對我說那些事情了。不要再說了，明白嗎！否則，我真的——」她微笑了，再次坐下。

「我是認真的，」我解釋道，感覺有點語無倫次了，「我太愛妳了，我願意忍受所有妳對我的折磨，只要能讓我一生都待在妳的身邊。」

「塞弗林，我再一次警告你。」

「妳的警告對我來說沒有用。妳儘管對我做妳想做的，只要妳不將我趕走。」

「塞弗林，」汪妲說道，「我是一個年輕躁動的女人，你讓我完全控制你，對你是很危險的事情。在你真正成為我的玩具之後你將會停止這一切的，誰能保證我不會虐待你呢？」

「妳本身存在的高貴品質。」

「權力總是會將人沖昏頭的。」

「如果這樣的話，」我大叫道，「就像妳所想的，將我踩在腳下吧！」

汪妲伸出手鉤住我的脖子，深情地望著我，搖了搖頭。

「恐怕我不會這麼做，但為了你，我願意試試，因為我愛你，塞弗林，而不愛其他的男人。」

★
★
★

今天她突然戴著帽子披著圍巾來找我，要我陪她去逛街。她想買條鞭子，一條帶著短把兒的長鞭，可以用來鞭打獵狗的那種長鞭。

「這樣的滿意嗎？」店主問。

「不，這還太小了，」汪妲回答，瞥了我一眼，「我需要個大的——」

「我猜是條牛頭犬吧？」店主問道。

「是的，」她驚呼道，「要那種在俄羅斯可以用來抽打難管教的奴隸的。」

她繼續挑，最後選好一條長鞭，見到它，我有種想逃跑的感覺。

「那再見了，塞弗林，」她說，「我還有其他東西要買，你不用陪我了。」

我離開她後自己在街上走了走。在回去的路上，我看到汪妲從一家毛皮商店裏走了出來，她向我招手。

「這麼說吧，」她神情激動地講，「我從來不隱瞞你那認真且富於幻想的性格有多麼的令我著迷。將這樣認真的一個男人完全掌控在我手裏，讓他高興地趴在我腳邊，這種想法刺激著我，但是這樣能長久嗎？女人愛一個男人，男人成為她的奴隸，她虐待他，最後將他一腳踢開。」

「可以啊！在妳對我感到厭倦的時候，」我回答道，「把我踢開。我想成為妳的奴隸。」

「我的身體裏隱藏著危險的因素，」我們走了幾步以後，汪妲這麼說，「你喚醒了它們，這並不利於你。你懂得如何一步步深入地描繪愉悅、殘酷、傲慢的感覺。如果我試著去控制你，把你當成我的第一個實驗物件，你會怎麼認為呢？我想像狄奧尼修斯[57]一樣將鐵牛的發明者放在鐵牛裏面烤，只是為了看看他的哀嚎聲和呻吟聲是否真的與一頭牛的相同。

「可能我是個女狄奧尼修斯？」

「就這麼幹吧，」我大叫道，「這樣我的夢想就會實現了。不管好壞，我都任妳選擇，任妳處置。隱藏在我心裏的命運無情地驅使著我，讓我著魔。」

我親愛的，

我今天和明天不想見你，直到後天晚上為止，而從那時開始，你就成為我的奴隸。

你的主人　汪妲

「成為我的奴隸」下面畫了線。我又把這便條仔細讀了一遍，這是我今天一大早收到的。我騎著一頭上了鞍的驢到山上，它應該是動物界中教授那一級別的。我想將我的貪欲和念想丟在喀爾巴阡山脈這雄偉的景色裏。我回去了，又累又餓又渴，比之前的任何時候都更想談戀愛了，我飛快地換好衣服，過了一會兒，我便去敲她的門。

「進來！」

我走了進去，她正站在房間中間位置，穿著一件白色亮布做成的袍子，看上去像是光灑在身上；外面套了一件帶著貂皮邊的猩紅色外套；撲了粉的雪白的頭髮上戴著鑲滿鑽石的皇冠；她站在那兒，雙臂交叉放於胸前，眉頭緊鎖著。

「汪妲！」我激動地跑向她，想擁抱她，親吻她。她退了一步，從頭到腳打量我。

「奴隸！」

「我的主人！」我跪下了，親吻著她長袍的花邊。

「就該是這樣子的。」

「噢！妳多麼美麗啊！」

「這樣的我令你高興嗎？」她走到鏡子前，驕傲滿意地看著鏡子裏的自己。

57 狄奧尼修斯（Dionysius），古希臘錫臘庫扎（義大利西西里島東部一港市）的暴君。

「我幾乎要瘋了！」

她的下唇諷刺般地抽動了一下，半閉著眼睛嘲弄地瞟了我一眼。

「把鞭子給我。」

我環視了一下房間。

「不許動！」她疾呼道，「就在那兒跪著。」她走到壁爐邊，從架子上取下鞭子，笑著看著我，揮著鞭子發出嘶嘶的聲音，然後她慢慢地捲起貂皮邊外套的袖子。

「妳真是不可思議的女人！」我驚呼。

「安靜，你這奴隸！」她突然沉下臉，兇狠地看著我，用鞭子抽打我。過了一會兒，她又溫柔地抱住我，同情地靠近我，半害羞半膽怯地問我：「我傷著你了嗎？」

「沒有，」我回答道，「即使有，這來自於妳的傷痛也是種享受。如果妳喜歡這樣，那就繼續打我吧！」

「但我並不覺得快樂。」

我像中毒般再次陶醉其中。

「鞭打我吧，」我央求道，「狠狠地鞭打我。」

汪妲揮起鞭子，又打了我兩下：「現在滿意了嗎？」

「還沒。」

「真的還沒？」

「我求求妳，鞭打我吧，這對我來說是種享受。」

「好吧，因為你知道我不是認真的，」她回答，「因為我不想傷害你。這種野蠻的遊戲與我的性格不合。如果我真是那種喜歡鞭打奴隸的女人，你早該害怕了。」

「不是的，汪妲，」我回答，「我愛妳勝過我自己，我願意將我的全部都交給妳，包括生死。我很嚴肅的告訴妳，妳可以對我做任何妳想做的事，所有隨性的事。」

「塞弗林！」

「將我踩在腳下！」我大叫，趴在她的腳邊，臉貼著地。

「我討厭這些表演。」汪妲不耐煩地說。

「那麼，就狠狠虐待我吧。」

突然一陣寂靜。

「塞弗林，我最後一次警告你。」汪妲先開口。

「如果妳愛我的話，就殘忍地對待我吧。」我雙眼望著她，懇求她。

「如果我愛你——」汪妲重複道，「那麼，好吧！」她走了幾步，苦笑著看著我，「那麼，做我的奴隸吧，讓你知道掉進一個女人手中的滋味。」她邊說著邊踢了我一腳。

「這樣做你喜歡嗎，我的奴隸？」

然後她不斷揮動著鞭子。

「起來！」

我乖乖地站了起來。

「不是這樣，」她命令道，「跪著！」

我照做了，她開始用鞭子打我。

鞭子急促有力地落在我的背上和手臂上。每一下都滲進肉裏，感覺熱熱的，但是這種痛楚令我狂喜。因為是我所愛的人在鞭打我，我任何時候都願意被她鞭打。

她停了下來。「我開始享受這種感覺了，」她說，「今天就到此為止。我開始好奇，很想看看你的承受力到底有多少。看到你在我的鞭子下發抖翻滾，聽見你的慘叫聲和哀號聲讓我獲得了一種殘酷的享受。我想一直鞭打你直到你跪著求饒，直到你暈死過去。你已經喚醒我體內危險的元素了。現在，起來吧。」

我抓住她的手，親了一下。

「冒失鬼！」

她用腳推開我。

「滾出去，你這奴隸！」

做了一夜緊張而又興奮的夢後，我醒了。這時，天才剛剛亮。盤旋在我腦海裏的那些事是真的嗎？是真的經歷過還是在做夢？可以肯定的是我被鞭打過。因為我還能感覺被打的每一下，還能數出身上每一處紅紅的灼熱的傷痕。她確實鞭打了我。現在我想起所有事情來了。

我的夢想變成現實了。我現在感覺怎樣？當夢想實現的時候，我感到失望了嗎？不，我只是有點累，但她的殘酷令我狂喜。噢！我多麼愛她，崇拜她！沒有什麼言語能表達我對她的感情，我全心全意地愛著她。我多麼高興能成為她的奴隸啊！

★
★
★

她從陽臺上喊我。我飛快地跑上樓。她正站在門邊上，友好地伸出手。「我感到羞愧。」她說，這時候我抱住她，她將頭埋在我懷裏。

「為什麼？」

「忘了昨天那些醜陋的場面吧，」她顫抖著說道，「我已經滿足了你那瘋狂的想法，現在開始，讓我們理智、快樂起來，好好地愛對方，在這一年裏，我將做你的妻子。」

「我的主人！」我大叫，「我是妳的奴隸！」

「不許再提有關奴隸、殘酷，或者鞭子之類的話了，」汪妲打斷我，「我不想再為你做那些事了，除了穿上我的毛皮外套，過來幫我穿上。」

裝飾著拿弓箭的丘比特的青銅色小掛鐘，這時正好走到了十二點的位置。

我站起身想離開。

汪妲什麼也沒說，只是抱住我，將我帶到後面的沙發上。她開始親吻我，這無聲的語言是如此讓人能夠瞭解，讓人信服——

而它所傳遞的訊息比我所領悟到的還要多。

汪妲渾身瀰漫著一種恣意的放縱。她半閉的眼神裏，那白粉下的紅色瀑布般的頭髮，那沙沙作響的紅白相間的絲綢長袍，她無心地抓著的那帶貂皮邊的外套，這些都滲透著她那撩人的溫柔。

「請允許我——，」我結結巴巴，「但是我說了妳肯定會生氣的。」

「你想說什麼就說吧。」她低聲說道。

「那好吧，我求妳鞭打我吧，要不我就要瘋了。」

「我不是禁止你說這樣的話了嗎？」汪姐嚴厲地說，「你真是無藥可救。」

「是的，我真的是愛妳愛到無藥可救了。」我跪在她面前，將臉貼到她的膝蓋上。

「我相信，」汪姐沉思著，「你這些瘋狂的舉動都是因為你野蠻殘酷且不肯滿足的貪欲。這種不正常的生活方式肯定會讓我們都得病的。如果你少一些瘋狂的幻想，那麼你的神志肯定就正常了。」

「那樣的話，讓我變正常吧，」我咕噥一句。我的手穿過她的秀髮，顫抖著擺弄著那閃閃發光的毛皮大衣，那毛皮大衣隨著她的胸脯上下起伏，彷彿月光下的波浪一樣，令我神志不清，不知所措。

我親吻著她，不，應該是她狂野而無情地親吻著我，好像想用吻殺死我似的。我有點精神混亂，喪失神志了。現在，我還有點喘不過起來，我試著解救自己。

「怎麼了？」汪姐問。

「我現在很難受。」

「你很難受——」她突然間大笑起來。

「妳還笑！」我悲歎道，「妳難道不知道——」

她突然變得嚴肅。她用手托著我的頭，將我的頭猛地靠向她胸前。

「汪姐——」我又開始口吃。

「當然了，你在享受著這樣的難受，」她說完又笑了起來，「但是你等等，我會讓你清醒起來。」

「不，我不會再問——，」我驚呼，「是否妳會永遠屬於我，或是只在沉醉的這會兒屬於我這樣的問題了。我希望我能享受快樂。妳現在是我的了，失去妳總好過從來沒有擁有過妳。」

「你現在倒是很明智。」她說完，再次用那能殺死人的雙唇親吻我。我撕開她的貂皮外套和蕾絲胸罩，她豐滿的胸脯便赤裸裸地展現在我眼前。

然後，我便失去了理智——

我記起來的第一件事是當我看到血從我的手上流下來時，她冷淡地問我：「你抓傷了我是嗎？」

「不，我想，我是咬傷了你。」

人生真是奇怪，當一個新的面孔介入的時候，人與人之間的關係就變了。

我們在一起度過了許多美好的時光。我們一起爬山，一起遊湖，一起看書。我還將汪妲的畫像畫好了。我們彼此互相愛戀，她微笑著的臉龐是多麼的迷人！

然後有一天，她的一個朋友來了，是個離了婚的女人。那個人要比汪妲看起來更老一些，更有經驗，但是沒有汪妲謹慎。她在各個方面上都影響著我們。

汪妲皺著眉頭，表現出對我的不耐煩。

難道她不再愛我了？

這種令人無法忍受的自我克制在我們之間持續了將近兩週。在這期間，她的朋友每天和她待在一起，我們沒有機會單獨相處。還有一群男士也圍繞著她們。而我的嚴肅與憂鬱，使我在這之中扮演著一個荒唐的愛人的角色。汪妲像對待陌生人一樣對待我。

今天，當我外出散步時，她跟在了我後面。當我看到她是故意跟著我的時候，我高興極了。她會跟我說些什麼呢？

「我的朋友不理解我有多麼地愛你。她認為你既不英俊也沒有特別吸引人之處。從早到晚她都在給我灌輸城市裏輕佻生活的魅力，告訴我我有哪些優勢，在那裏我能參加很多派對，我會有很多年輕出眾的愛慕者。但說這些又有什麼用呢，我愛的人是你。」

在那一刻，我忘記了呼吸，說道：「我不想阻擋妳的幸福之路，汪妲。請不用考慮我的感受。」然後我脫下帽子，做了一個讓她先行的手勢。她驚訝地看著我，但也沒有再說什麼。

當我在回去的路上又無意中碰到她的時候，她悄悄地拉住我的手。她的眼神看上去那麼光彩四射，充滿著幸福。在那一刻，我忘卻了這些天來所受的折磨，所有的傷在這一刻也全都治癒了。

我現在意識到我有多麼地愛她了。

「我的朋友在抱怨你。」汪姐今天對我說。

「可能她覺得我輕視她。」

「但為什麼你要輕視她呢，你這個年輕的傻瓜？」汪姐大叫，兩手揪著我的耳朵。

「因為她很虛偽，」我說，「我只敬重那些真的有美德的女子，或者能坦言自己活著就是為了快樂的女子。」

「比如像我嗎？」汪姐像是開玩笑地說，「但你要知道，小鬼，很少有女人這麼做的。女人不像男人可以講求感官上的愉悅，或者追求精神上的自由；她的狀態是將感官與物質混合在一起的。她心裏的渴望是永遠地將男人迷住，然而她自己卻想移情別戀。這本身就是矛盾的。因此，她經常會違背自己的意願，謊言與欺騙逐漸滲入到她的行為與性格中，最終毀了她的個性。」

「妳說得對，」我說，「女人想要掌控愛情的個性導致了她習慣於欺騙。」

「但是這同時也是這個世界所導致的，」汪妲打斷了我，「看看這麼個女人吧。她在萊姆堡同時擁有丈夫和情人，現在這裏還有一個新的愛慕者。她同時騙了這三個人，卻還是受了他們三個的尊敬和崇拜。」

「我不管這些，」我大叫，「她是要孤立妳，她對待妳像對待一件商品一樣。」

「為什麼不呢？」這個漂亮的女人開心地打斷我，「每個女人都有從自身的魅力獲利的天性和欲望，我也聽說有很多人都跟自己不愛不喜歡的人生活在一起，因為當女人冷酷無情地這麼做時，可以從中獲取最大的利益。」

「汪妲，妳在說什麼呢？」

「為什麼不能這麼說？」她說，「請注意我剛剛跟你講過的這些。永遠都不要認為你所愛的女人是可靠的，因為女人天性中所隱藏的比你能想像的還要危險。女人既不像她的愛慕者所想像的那麼好，也不像她的敵人所認為的那麼壞。女人的特色就是沒有特點。最好的女人偶爾也會泥足深陷，而最壞的女人也會出人意料地做些好事，讓那些瞧不起她的人羞愧。沒有一個女人是絕對的好或絕對的壞，但是在某一時刻她可以做到最狠毒也可以做到最神聖，她的思想、感情和行為既可以最下流也可以最純潔。儘管文明在進步，可是女人還是保持著上帝剛把她們造出來時的那個樣子。她保持著野蠻人的天性，時而忠誠，時而不忠，時而寬容，時而冷酷，這取決於那一刻是什麼樣的念頭在驅使著她。縱觀歷史，道德已經是長期形成的一種深刻嚴肅的文化。男人們不管是自私的，還是邪惡的，總是還要遵循這些原則，而女人從來都不遵守這些，而只憑內心的衝動。不要忘記我說過的，永遠不要認為你所愛的人是安全可靠的。」

她的朋友走了。終於有一個晚上能與她單獨相處了。她彷彿在之前收藏起的所有的愛，在這個美好的晚上都釋放出來。她是那麼善良，那麼親近，那麼溫柔。能夠親吻著她，能夠在她懷裏死去，那該是多幸福的事啊！她放鬆地將頭靠在我的胸前，感覺這時的她完全屬於我，我們彼此凝視著，沉醉在其中。

我還是不能相信這個女人就是我的，完全屬於我的。

「她說對了一件事。」汪姮開口了，一動不動，也沒睜開眼睛，彷彿是睡著了一樣。

「誰？」

她沒回答。

「妳朋友嗎？」

她點頭：「是的。她說你不能算是個男人。你是個夢想家，一個迷人的愛慕者。當然你可以是一個無價的奴隸，但是不能是我的丈夫。」

我驚呆了。

「怎麼回事？你在發抖？」

「我一想到很可能失去妳就感到害怕、顫抖。」我回答道。

「你就因為這個不高興？」她說，「如果你知道在你之前我屬於其他的男人，而在你之後我還會屬於其他的男人，你是否會覺得不高興了呢？如果另一個男人同時也像你現在這麼開心，你是不是就不高興了呢？」

「汪姐！」

「你看，」她不顧我的制止，繼續講下去，「那麼只有一個辦法。你不想失去我。而我也深深喜歡你，在精神層面上，我們那麼和諧。我喜歡和你就這麼一直生活下去，除非我有可能——」

「太棒了！」我興奮得歡呼道，「妳剛剛嚇到我了。」

「那你是不是不那麼愛我了呢？」

「恰恰相反。」

汪姐用左手撐起身體。「我相信，」她說道，「如果要永遠抓住一個男人的心，那麼至關重要的一點就是，她必須對他不忠誠。有哪一個忠誠的女子像赫泰拉58那般受人愛戀。」

「自己鍾愛的女人對自己不忠是多麼痛苦的刺激啊！這也是最高境界的奢侈刺激。」

「對你呢？也這樣嗎？」汪妲順勢問道。

「對我也是這樣啊！」

「那如果我也給你那樣的刺激呢？」汪妲嘲笑地說道。

「我將受著可怕的痛苦，但也將更愛慕妳，」我回答道，「但是妳不能欺騙我，妳必須如惡魔般對我坦白：儘管我只愛妳一個，但是我必須讓那些使我快樂的人也感到開心。」

汪妲搖搖頭：「我不喜歡欺騙。我是個誠實的人，但是什麼樣的男人才能經受得起這些事實呢？如果我對你說：這種肉欲的生活、異教徒的生活才是我想要的生活，你有這樣的承受能力嗎？」

「當然。只要不失去妳，我可以忍受任何事情。我知道我對妳來說有多麼的渺小。」

「但是，塞弗林——」

「但事實如此，」我接著說，「這就是為什麼——」

「為什麼你願意——」她淘氣地笑著，「我猜對了嗎？」

「喜歡做妳的奴隸！」我叫道，「變成妳無限制的財產，沒有自己的意願，妳可以根據妳的意願任意處置我，永遠不會成為妳的負擔。當妳享受充實的生活時，當妳過著奢華的日子時，當妳享受平靜的幸福時，我的奧林帕斯女神，我想成為妳的僕人，為妳穿鞋為妳脫鞋。」

「你的腦子沒有完全不好啊，」汪姐回應，「做我的奴隸的話，你能忍受我愛上其他人嗎？在古代的世界裏，如果沒有奴隸，就無法想像如何享受自由。當看到一個男人跪著發抖時會給人一種成為女神的感覺。我想要有個奴隸，你聽到了嗎，塞弗林？」

「難道我不是妳的奴隸嗎？」

「那麼，現在聽我說，」汪姐抓著我的手激動地說，「只要我愛你，我想成為你一個人的。」

「一個月嗎？」

「可能吧，甚至兩個月。」

「然後呢？」

「然後你就變成我的奴隸。」

58 赫泰拉（Hetaira），古希臘的高級妓女。

「那麼妳呢？」

「我？為什麼這麼問。我就是女神，有時候，我會輕輕地，悄悄地從我的奧林帕斯山上下凡看你。」

「但這意味著什麼呢？」汪妲說，用雙手支撐著她的頭，陷入了沉思，「金色的幻想從來都不會實現的。」一種始料未及的沉思的憂鬱籠罩了她，我從來都沒見過她這樣。

「為什麼不會實現呢？」我開始發問。

「因為奴隸制度已經不復存在了。」

「那我們就到一個存在奴隸制度的國家去，去東方，去土耳其。」我急切地說。

「塞弗林，你是認真的嗎？」汪妲回答道，眼神裏像是燃燒了似的。

「是的，我是很認真的，我想成為妳的奴隸。」我接著說下去，「我希望妳統治我的權利能得到神聖法律的保護。我想將生命交托給妳。我不用去想從妳手中保護自己或者解救自己。我整個人都被控制在妳的意願、妳的幻想中，以及妳的招手和叫喚中，這該是多麼令人沉醉的美事啊！若有時妳對我仁慈，允許我親吻妳的雙唇，這對我來說是莫大的幸福啊！」我跪了下去，將滾燙的前額貼近她的膝蓋。

「你好像在發燒一樣胡說八道，」汪妲激動地說，「你真的愛我？永永遠遠都愛我？」她將我摟在懷裏，親吻著我。

「你真的想這樣嗎？」

「現在我以上帝和我的名譽向妳發誓，無論何時何地，只要妳想，只要妳給我命令，我就願意成為妳的奴隸。」我叫喊道，幾乎無法控制自己的情緒。

「那如果我將你從你的世界中帶走呢？」汪妲說道。

「那就將我帶走吧！」

「你說的這些都吸引著我，」她說，「它與所有其他的事情不同——找到一個崇拜我也是我全身心愛的男人，他完全屬於我，完全聽從我的意願還有我任性時做出的任何決定，他是我的財產，是我的奴隸，然而我——」

她停了下來，奇怪地看著我。

「如果我變得非常輕薄，那這都是你的過錯，」她接下去說，「我差不多相信你已經害怕我了，但你還是得發誓。」

「我會遵守我的誓言的。」

「我會等著看的，」她回應著，「我開始享受這種感覺，上帝保佑，這不只是幻想了。你變成了我的奴隸，而我——我試著成為『穿毛皮的維納斯』。」

我本來以為很瞭解這個女人，但現在我想我必須重新認識她。在不久前，對於我的幻想，她是特別反對的，但是現在她又如此認真地執行這件事。

她起草了一份合同，合同裏聲明我以我的榮譽發誓並同意只要她願意，我就是她的奴隸。

她的手繞過我的脖子，念著這絕無僅有的令人難以置信的合同給我聽。每一句話結尾時她都以吻為標點。

「但是這合同的所有義務好像都是我的。」我揶揄她。

「那當然，」她無比認真地回答，「你不再是我的情人，相應的，我對你所有的義務和職責也就沒有了。你將不得不將我的善意看做是完全的仁慈。你不再有任何權利，不能夠再對我抱怨任何東西。我對你的控制是沒有限制的。記住，你不過是像一條狗或是其他沒有生命的東西一樣。你是屬於我的，一件我可以任意打碎的玩具，只要我想獲得一小時這樣的娛樂。你什麼也不是，我是你的主宰，你明白了嗎？」她大笑著又親了我一下，然而我卻感覺有一股寒意涼遍全身。

「難道妳不許我有一些條件嗎？」我開口。

「條件？」她皺了皺眉頭，「啊哈！你已經開始害怕了，或者可能後悔了，但現在已經太遲了。你已經發過誓了，用你的名譽擔保了。但我還是想聽聽你的意見。」

「首先，妳得將『你永遠不會離開我』這句話寫入合同中，然後妳不能將我送給妳其他的愛慕者。」

「但是，塞弗林，」汪妲叫道，她的聲音裏充滿了哀愁，淚含在眼裏，「你怎麼能這麼想呢，這個世界上真的還會有一個男人像你這麼愛我，願意將自己完全交給我？」她戛然停止了。

「不，不！」我親吻著她的手，說道，「我不擔心妳會這麼羞辱我。請原諒我如此可怕的想法。」

汪妲開心地笑了，臉頰斜靠著我，似乎又開始沉思。

「你好像漏了些事，」她調情似地小聲對我說，「最重要的事！」

「一個條件？」

「是的，那就是我必須得一直穿著毛皮大衣，」汪妲叫道，「但是我向你保證不管怎樣我都會照做的，因為毛皮給我一種暴虐專橫的感覺。而且我會非常殘酷地對你，你明白嗎？」

「我該簽合同了嗎？」我問道。

「還不行，」汪妲說，「我還要將你的條件加上去，並且必須在適當的時間和地點簽字。」

「得在君士坦丁堡嗎？」

「不，這個我還得想一想。在一個人人都可以擁有奴隸的地方擁有著奴隸能有什麼特殊的意義呢！我希望在這個文明的冷靜的世俗的世界中，只有我一個人擁有奴隸，一個奴隸由於我的美貌與個性而非因為法律、權利或者暴力的緣故而自願臣服於我。這一點著實吸引我。但至少我們該去一個沒有人認識我們的地方，這樣你以一個僕人的身分出現也不會引起什麼尷尬的氣氛。可能會去義大利吧，羅馬或者那不勒斯。」

我們坐在汪妲的沙發上。她穿著那件貂皮外套，頭髮鬆散著，感覺像是獅子的鬃毛散落在背上。她的嘴唇與我的嘴唇緊緊糾纏著，彷彿將我的靈魂從身體中帶出。我的頭開始發暈，血液開始沸騰，心怦怦地跳。

「汪妲，我想要完全在妳的控制之下，」我突然叫出來，我已經被這狂躁的氣氛給影響，無法再想任何事情，做出清醒的決定，「我完全無條件地將自己交托給妳，無論好壞，對妳的權利沒有任何的條件限制。」

說到這裏，我從沙發上滑落到她的腳邊，陶醉地仰望著她。

「你現在多麼的英俊啊！」她驚呼，「你的眼睛半睜，神情沉醉，令我愉悅，令我與奮。如果你現在被鞭笞而死，那你的眼神裏也是充滿了幸福。你有著一雙殉教者似的眼睛。」

然而有時候，對於將自己毫無條件、毫無保留地交托到一個女人的手上令我有一種不安的感覺。萬一她侮辱我的感情，濫用她的權利呢？

我瞎擔心什麼呀！接下來我將經歷一場自孩童時代以來一直幻想的生活，這種生活將給我帶來誘人的恐懼感。這只是她和我玩的一場遊戲罷了，沒有別的意思了。她那麼愛我，那麼善良，那麼高貴，不可能會失信於我。但是這一切取決於她，她想怎麼做就可以怎麼做。這是一個令人疑慮與擔憂的誘惑呀！

現在我開始理解瑪儂．雷斯考和那個可憐的騎士了，即使他帶著枷鎖，即使瑪儂已經是另外一個男人的主人了，他還是愛戀著她。

愛是沒有美德沒有利益可言的；有愛就能原諒一切難以原諒之事，能忍受一切難以忍受之事，因為愛使之如此。然而並不是我們的評判能力令我們去愛的，也不是我們的優點或者缺點令我們背離自己的意願，排斥自己的想法的。

是一股甜蜜的柔軟的神祕的能量驅使著我們，令我們不再去思考，不再有感覺，不再有希望。我們放任自己隨之而去，從不問將去何方。

今天這兒來了位俄國王子在散步。他那如運動員般的體格，英俊的臉龐，還有那風度翩翩的舉止，引起了一陣騷動。特別是女人們，她們盯著他，彷彿他是頭野獸似的。但是他憂鬱地走著，並未注意到其他人。他有兩個隨從，一個是穿著紅色綢緞衣服的黑人，另一個是穿著制服的切爾克斯人。忽然間，他看到了汪妲，他用冰冷刺骨的眼神盯著她，頭轉向汪妲，甚至在汪妲走過後，他還站在那裏一動也不動，目光仍然追隨著汪妲。

而她——她確實用她那雙撩人心弦的綠眼睛吞噬了他——並且竭盡所能地希望再見他一面。

她賣弄風情走路的樣子，她看他的媚人眼神幾乎令我窒息。在回去的路上，我說起這事，她皺起眉頭。

「你想說什麼，」她說，「這位王子就是我喜歡的人，他令我著迷，我是自由身，我可以做任何我喜歡的事情——」

「難道——妳不再愛我了——」我膽怯了，結結巴巴地說。

「我是只愛你一個，」她回答，「但是我要讓王子來討好我追求我。」

「汪妲！」

「你難道不是我的奴隸嗎？」她冷靜地說，「難道我不是維納斯？穿著毛皮、冷酷無情的北方維納斯嗎？」

我沉默了。我被她的言語給嚇呆了，她冷酷無情的樣子就像是在我心上插了把匕首。

「你必須馬上給我弄到那個王子的姓名、住址和他的情況。」她繼續命令道，「你明白了嗎？」

「但是——」

「不許和我討價還價，只有服從！」汪妲喊道，比我曾想到的還要更嚴厲，「沒有拿到這些就不用來見我了。」

直到下午我才弄到汪妲想要的那些資訊。她讓我像僕人一樣在她跟前站著，而她舒舒服服地靠在椅子上，微笑著聽我的彙報，然後她滿意地點點頭。

「把我的腳凳拿過來。」她命令道。

我順從地將腳凳拿過來放在她面前，跪著將她的腳扶起放在腳凳上，在此之後，我仍然跪在地上。

「這一切該怎麼結束？」一陣短暫的沉默之後，我開口了，哀傷地問她。

她嘲弄般地大笑起來：「為什麼要結束呢？一切都還沒開始呢。」

「妳比我想像的還要更無情。」我感覺受傷了，這麼回應她。

「塞弗林，」汪妲認真地說，「我現在還沒做什麼事呢，哪怕是一丁點的事，你就已經這樣說我無情了。那如果我開始將你的幻想變成現實，當我過著快樂自由的生活，擁有一群我的仰慕者的時候，當我真的成為你的理想情人，把你踩在腳下，鞭打你的時候，你會怎麼樣呢？」

「妳把我的幻想看得太重了。」

「太重了？一旦我開始了，就無法藉故停下來，」她回答道，「你知道的，我厭惡這樣的遊戲，這樣的鬧劇，而你喜歡這一套。這到底是我的主意還是你的？是我唆使你這樣，還是你激發了我的想像呢？現在，我對這些事認真了。」

「汪妲，」我安撫她，「妳聽我說。我們彼此深愛對方，我們在一起是幸福的。妳願意讓這一時的興致毀了我們整個未來嗎？」

「這不僅僅是一時的興致。」她大叫。

「那是什麼？」我害怕地問她。

「是隱藏在我內心的某種東西，」她平靜地說，像是經過沉思的，「如果不是你喚醒了它，讓它滋長，也許它永遠都不會顯露出來。既然它已經變成了一種強大的力量，充滿了我身上的每一個角落，既然我現在這麼享受著它，既然我不能夠也不想去控制它，而你現在卻想將它收回——你——你還是個男人嗎？」

「親愛的汪姐，我的甜心寶貝！」我開始安撫她、親吻她。

「走開！你真不是個男人——」

「那妳呢？」我也火了。

「我固執，」她說，「你是知道的。我沒有那麼強大的想像能力。和你一樣，在執行的時候我通常會猶豫。但是當我下定決心要做的時候，我就一定要執行到底，儘管越這麼肯定的時候，我遇到的阻力就越多。讓我一個人待一會兒！」

她把我推開，站了起來。

「汪姐！」我也站了起來，正對著她。

「現在你知道我是怎麼樣的了，」她接著往下說，「我再次警告你。你還有選擇的機會，我可不想強迫你做我的奴隸。」

「汪姐，」我情緒很激動，眼裏含著淚，「難道妳不知道我有多愛妳嗎？」她傲慢地撇了撇嘴。「妳正在犯錯誤，妳讓自己變得比原本要惡劣，妳天生是善良高貴——」

「我的天性你瞭解多少？」她激動地打斷我，「你馬上就能知道我是什麼樣的。」

「汪姐！」

「做個決定吧，你願意無條件地服從我嗎？」

「如果我說不呢？」

「那麼——」

她向我走來，冷冷地鄙視地站到我面前，雙臂交叉在胸前，嘴上露出邪惡的笑容。她真的是我幻想中的專橫的女人。她的言語聽上去那麼的冷酷無情，眼睛裏看不到一絲的善良或者憐憫。

「好吧——」她最後開口了。

「妳生氣了，」我嚷道，「妳要懲罰我。」

「噢！不！」她回答道，「我要讓你走。你自由了。我不要你了。」

「汪妲——我，我這麼愛妳——」

「的確，親愛的先生，你愛慕我，」她輕蔑地說，「但是，你是個懦夫、騙子、不能信守諾言的人。馬上給我滾——」

「汪妲，我——」

「可憐蟲！」

血湧上我心頭。我跪在她的腳邊，哭了起來。

「又是眼淚！」她大笑起來，噢，這笑聲令人顫抖，「滾開！我不想再看見你。」

「哦，我的天啊！」我忍不住大哭起來，「我願意做妳吩咐的任何事情，做妳的奴隸，做一件純粹屬於妳，任妳處置的物品——只是不要趕我走——我不能沒有妳——沒有妳，我根本活不下去。」我緊緊地抱著她的膝蓋，親吻著她的手。

「是的，你必須是我的奴隸，受到鞭打，因為你不能算是個男人。」她冷靜地說，她說這話的神情出奇的平靜，既不生氣也沒有興奮，這才是最傷人的。「現在我瞭解你了。你就像狗一樣，被誰踢了，就崇拜誰。被踢得越厲害，你越崇拜。我算是瞭解你了，而且你馬上也會瞭解我的。」

她來來回回地大步走著，我仍然跪在地上，低垂著頭，眼淚不斷地流下來。

「過來！」汪妲坐在沙發上，冷酷地命令道。我順從了，坐到了她旁邊。她陰沉著臉，看著我，然後突然間她眼裏閃過一道光，她笑了，把我拉到她胸前，吻去我臉上的淚。

我現在的處境奇怪得就像是茉莉花園裏的狗熊一樣。我可以逃走但是我不願意；她一威脅要我離開，我便只能忍受這所有一切。

如果她能再用鞭子打我就好了，她現在對我這麼好，令我感到不可思議。我就像是隻被俘虜的小老鼠，一隻美麗的貓在輕而易舉地玩弄著我，她隨時可能將我撕成碎片。我那老鼠般的心嚇得怦怦跳。

她的目的是什麼呢？她這麼對我有什麼意圖呢？

她好像完全將合同、將我們的主僕關係給忘記了。難道說這只是個鬧劇？難道當我不再反抗她，完全服從她的時候，她卻放棄了整個計畫？

現在她對我多麼地好，多麼溫柔，她多麼地愛我啊！我們在一起度過了幾天美妙的時光。

今天她讓我給她念《浮士德》中浮士德與化成一個雲遊書生的惡魔梅菲斯特之間的故事。她瞥了我一眼，還帶著奇怪的笑容。

「我不明白，」當我念完的時候，她問道，「一個能將如此偉大美妙的作品這麼清楚簡潔明朗地讀出來的人，怎麼能像你一樣是個不切實際超越感覺的笨蛋呢。」

「妳是否滿足了呢？」我親吻著她的前額，說道。

她輕輕地敲了我的額頭。「我愛你，塞弗林，」她輕聲說道，「我相信我不會像愛你一樣再愛上別人了。讓我們清醒點。你說呢？」

我沒有回答，而是緊緊地抱住她，一陣從內心深處裏湧出的帶著點酸楚的幸福充滿了我的胸膛，我的眼眶濕潤了，眼淚滴在了她的手上。

「你怎麼哭了！」她叫道，「你真像是個孩子！」

一次駕車出遊，我們遇見了那位俄國王子，他正坐在馬車上。他驚訝地發現我坐在汪妲身邊，顯得很不開心。他彷彿想用他那雙灰色的電眼勾住汪妲。但是，汪妲看上去好像一點也不在意他。在那一刻，我真想跪在她面前親吻她的腳。她冷冷地看了他一眼就轉向我優雅地對我笑了，彷彿他只是件無生命的東西，比如一棵樹。

晚上我與她道別的時候，她突然看上去有些不可名狀的心煩意亂，情緒低落。她怎麼了？

「我很難過你要走了。」當我站在門檻邊上的時候她說。

「妳完全可以縮短對我的考驗期，停止對我的折磨——」我請求道。

「你難道不知道這對我也是一種折磨嗎？」汪妲打斷我。

「那麼，結束它，」我抱住她，大聲對她說，「做我的妻子吧！」

「永遠不可能，塞弗林！」她輕輕地說，但語氣很堅定。

「妳這是什麼意思？」

我內心深處湧上一陣恐慌。

「你不是我要的男人。」

我望著她，摟在她腰上的手慢慢鬆開了，然後我離開了屋子，而她——她也沒有再叫住我。

這是一個不眠之夜，我做了無數的決定，又將它們都推翻了。早晨的時候，我寫了一封信給她，宣告我們的關係就此結束。當我封信的時候，我的手一直在顫抖以至於手指被燙傷了。

當我上樓將這封信交給她的女僕的時候，我感覺膝蓋都快軟下去了。

門開了，汪妲探出頭，她頭上還滿是捲髮夾子。

「我的頭髮還沒弄好呢，」她笑著說道，「那是什麼？」

「一封信——」

「給我的？」

我點了點頭。

「哈！你是不是想和我斷絕關係？」她嘲諷地說道。

「妳昨天不是告訴我，我不是妳想要的男人嗎？」

「我現在還可以再重複一遍。」

「那麼，好吧，就這樣吧。」我渾身都在發抖，說不出話來，把信遞給她。

「你自己拿著，」她一邊說著，一邊冷冷地打量著我，「你忘記了一個問題，不管你適不適合做我的男人，毫無疑問的是，你可以做我的奴隸。」

「女士！」我驚駭地叫出來。

「是的，今後你可以這麼叫我，」汪妲很是輕蔑地向後甩了甩頭，這麼回應我，「在二十四小時之內將你自己的事情處理好。後天我要去義大利，你做為我的僕人跟我一起去。」

「汪妲——」

「我不准你再對我有任何親密的行為，」她打斷我的話，「如果我沒有叫你或者搖鈴的話，你就不准進來，我允許你講話的時候你才能講。從現在開始你的名字不再是塞弗林，而是『格列高』。」

我氣得發抖，但是不幸的是，我無法拒絕，我感覺到內心裏奇異的歡喜和興奮。

「但是，夫人，我必須說明一下我現在的處境，」我迷茫地說，「我現在還得靠我父親生活，我擔心他是否會給我這麼一大筆錢去旅遊——」

「那就是說，你沒有錢了，格列高，」汪妲高興地說道，「那就更好了，那麼你就得更加依靠我了，成為我真正的奴隸了。」

「妳難道不考慮一下，」我試著反對她，「一個男人的名譽，我不可能——」

「我確實已經考慮了，」她用一種幾乎是命令的口氣回答道，「為了保住一個男人的名譽，你必須信守你的諾言，你承諾過跟著我做我的奴隸，無論我在哪裏，給你下什麼命令，你都要遵守。現在你可以走了，格列高！」

我轉身向門口走去。

「等等——你可以先親親我的手。」她傲慢冷淡地將手伸給我。而我——我這個懦夫，我這頭蠢驢，可憐的奴隸，在她的手上輕輕地一吻，我的嘴唇乾乾的卻又帶著興奮的灼熱。

她優雅地點了點頭。然後才放我走。

直到深夜，我的燈還亮著，那綠色的大火爐裏的火還燒得旺旺的。我還有許多信件和文件需要處理。像往年一樣，秋天在這個時候已經降臨了。

突然，她用鞭子柄敲打我的窗戶。

我打開窗，看見她站在外面，穿著那件貂皮邊的外套，戴著一頂凱薩琳大帝喜歡的那種哥薩克高圓帽。

「你準備好了嗎，格列高？」她陰沉著問。
「還沒有，我的主人。」我回答道。
「我喜歡這個叫法，」她接著說，「你以後都得叫我『我的主人』，明白嗎？我們明早九點從這裏出發。一直到市中心，你都是我的夥伴和朋友，但當我們上了火車——長途列車，你就是我的奴隸、我的僕人。現在把窗戶關上，打開門。」
我遵照她說的做了，她走了進來，皺起眉頭，挖苦地問我，「說說，你是怎麼喜歡我的。」
「汪妲，妳——」
「誰允許你這麼叫我的？」她用鞭子抽了我一下。
「妳非常漂亮，我的主人。」
汪妲笑了，坐在扶手椅上說：「跪下，跪在這椅子旁。」
我照做了。
「親我的手。」
我握起她冰冷的小手，親吻它。
「親我的嘴——」
我心潮澎湃，伸出手緊緊抱住這個漂亮冷酷的女人，熱情地親吻著她的臉、手臂和胸脯。她一樣熱情地回應我，半閉著眼睛，彷彿在夢裏一般。她離開的時候已經過了午夜了。

早晨九點，正如她吩咐的，旅行前的準備都做好了。我們坐進一輛舒適的馬車，離開了喀爾巴阡山休養勝地。我人生中最有趣的一場戲已經開始上演、發展，而誰也無法預料最後的結局。

迄今為止，所有事情都進行得很順利。我坐在汪妲身邊，她優雅、充滿智慧地與我聊天，就好像同一個好朋友聊天一樣。我們聊到義大利，聊到皮謝姆斯基[59]的新出版的小說，聊華格納的音樂。她穿著亞馬遜式的旅行裝：黑色的連衣裙，套上一件同樣材質、還帶著黑色毛皮的短外套。這套衣服很合身，顯出她凹凸有致的身材。外面還披著一件黑色毛皮大衣。她的頭髮盤成古典樣式的髮髻，髮髻垂在掛著黑色面紗的黑色毛皮帽子下方。汪妲今天興致非常好，她餵我糖吃，玩弄我的頭髮，解開我脖子上的領結，做了一個很漂亮的裝飾帽子的徽章，用她的毛皮大衣蓋住我的膝蓋，偷偷地捏我的手指頭。當我們的那個猶太車夫開始不斷打盹的時候，她甚至親了我一下，她冰冷的雙唇，帶著秋天剛盛開的玫瑰般新鮮的帶霜的香氣，花蕊單獨開在桿莖與黃色葉子之間，花萼上還掛著今年第一場冰霜的露珠，像是小寶石一樣。

我們到了市中心，在火車站下了馬車。汪妲將她的毛皮大衣脫下，扔到我的手臂上來，然後走去買車票。

當她買完票回來的時候，就完全變樣了。

「格列高，這是你的票。」她說，用的是高傲的女主人對僕人說話的語調。

「三等車廂的票。」我忐忑地說。

「當然，」她繼續說下去，「但必須注意。你要等我在包廂裏安頓好了，不需要你的時候再回到你的車廂中去。到每個站口的時候，你要跑到我的車廂來問我有何吩咐。不要忘記了。那麼現在把毛皮大衣給我。」

我像個奴隸似的恭恭敬敬地幫助她上了列車，她找到一個頭等車廂的空房。我緊跟其後。她靠著我的肩，讓我用熊皮將她的腳包好，放在暖瓶之上。

然後，她點頭示意我可以走了。我慢慢爬進三等車廂，車廂裏到處都是令人討厭的煙草味，看起來像是在冥國入口悲愴河上的迷霧。現在我有時間來想想人類存在之謎和謎中之最——女人。

59 皮謝姆斯基（Aleksej F Pisemski, 1821-1881），俄國作家。

無論火車何時停站，我都得跳下來跑到她的車廂中，脫下帽子等待她的命令。有時她要一杯咖啡，有時要一杯水，還有的時候要一杯溫水來洗手，時間就這麼過去了。她讓許多男人進入她的包廂，討好她，向她獻殷勤。我嫉妒得要死，還要像羚羊一樣地跳來跳去，以便能快速滿足她的需要，又不能錯過火車。一個晚上就這麼過去了。我既沒能吃上一口飯也不能睡覺，我只能和那些波蘭農民、猶太小販和士兵們一起呼吸著充滿洋蔥味道的空氣。

當我爬上她的車廂的時候，她舒服地躺在墊子上，穿著舒適的毛皮大衣，蓋著獸皮。看上去就像是個東方暴君，那些仰慕者像印度神祇一樣，筆直地靠坐在牆邊，幾乎不敢呼吸。

★
★
★

她在維也納做一天的停留，逛街買東西，特別是買一些奢華的衣服。她對我還是像僕人一樣。我距離她有十步之遠，以表示對她的尊敬。她將大包小包都丟給我，可連瞧都不瞧我一眼。我就像是載滿貨物的驢子一樣，氣喘吁吁地跟在她後面。

在離開維也納之前，她將我所有的衣服給了旅館的侍者。我被要求穿上她的制服。這是一件與她衣服同顏色的克拉科人[60]服飾，淺藍色的衣服上有紅色的邊，紅色方形的帽子上還插著孔雀羽毛。這件制服對我來說真是太合身了。

我有了種被出售或者說將自己抵押給了邪惡魔鬼的感覺。我那漂亮的魔鬼將我從維也納領到了佛羅倫斯。我的同伴現在已不是那些穿亞麻衣服的波蘭馬祖爾人和頭髮油膩膩的猶太人，而是捲髮的康塔蒂尼人[61]和一個義大利第一兵團的豪爽的軍官，還有一個德國的窮畫家。煙草味中夾雜的不再是洋蔥味，而是蒜味香腸和乳酪的味道。

夜幕再次降臨了。我躺在那猶如書架的小木床上，我的胳膊和腿都好像斷了似的。然而這裏的氣氛卻充滿了詩意。星星在夜空中閃爍，義大利軍官的臉看上去像是觀景的阿波羅[62]，德國畫家正哼著一首好聽的德國歌曲。

暮色降臨，
夜空中星星閃爍，
我心中深深的思念啊，

60 來自波蘭第二大城克拉科的人。
61 康塔蒂尼人（contadini），指義大利農夫。
62 《觀景的阿波羅》，希臘雕像，現收藏在梵蒂岡博物館。

輕輕地，
散落在這夜色中！
我的靈魂啊！
在這一片夢的海洋中航行，
永無停止，
直至——
找到你才能釋放自由。

而我在思念著那個睡在柔軟的毛皮之中的，有如女王般舒適的美麗女子。佛羅倫斯！這個城市到處擠滿了人，充滿吵雜的喧囂，急躁的搬運工和馬車夫隨處可見。汪妲挑了輛馬車坐了上去，遣走搬運工。

「我的僕人做什麼用的！」她命令道，「格列高——拿著這票——去取行李。」

她裹著她的毛皮大衣，安安靜靜地坐在馬車中，而我只能一個接一個地去取那些沉重的行李箱。在提最後一件行李的時候，我再也提不動了，一個好心的、有著一張聰慧的臉的員警走過來幫我的忙。汪妲見此情景笑了起來。

「那應該很重吧，」她說，「我所有的毛皮都在裏面呢。」

我坐到車夫的位置上，擦掉額頭上的汗珠。她給了我旅館的名字，車夫趕馬上路了。沒過幾分鐘，我們就停在了一個令人眼花撩亂的入口前。

「還有房間嗎？」汪妲問侍者。

「有，夫人。」

「給我兩間，還要一間給我的僕人，我的兩間全部都要帶火爐的。」

「夫人，您的兩間上等房，都帶著火爐，」侍者急切地回答道，「一間沒有供熱的給您的僕人。」

她走到房間門口看了看，然後草率地說：「這兩間可以，馬上生火。我的僕人可以睡在沒有火爐的那一間。」

我只能望著她，希望她改變主意。

「格列高，去把行李取上來，」她命令道，根本沒有注意到我的表情，「你去拿行李的時候，我會去換衣服，然後去餐廳吃東西。你也可以去吃晚餐。」

當她去隔壁房間的時候，我就去樓下將行李箱都拿上來，然後和那個服務生一起將她臥室裏的火生好。他用蹩腳的法語向我打聽關於我主人的情況。我環顧四周，火爐裏的火燒得很旺，帶著淡淡香氣的白色的床，鋪著小地毯的地板。然後，又累又餓的我下樓去問餐廳在哪兒。一個好心的侍者領我到餐廳，服侍我用餐。他曾經是一名奧地利士兵，費勁地用德語和我交談著。當汪妲走進來時，我剛開始喝這三十六小時來的第一口水，吃第一口熱飯。

看到她，我站了起來。

「你把我帶到我僕人吃飯的餐廳是什麼意思！」她滿臉慍怒，衝著那個侍者吼道，然後轉身離開了。

同時我在心裏慶幸能將這一餐飯接著吃下去。吃飽後，我爬上四樓到了我的房間。我的小行李箱已經在那兒了。屋裏只有一盞小得可憐的油燈。這個狹小的房間沒有火爐，沒有窗戶，只有一個小小的通風口。如果不是這麼冰冷刺骨的話，這裏會令我想起威尼斯城的皮翁比監獄63。想著想著，我情不自禁地笑了出來，房間太小，以至於我被自己的回聲給嚇到了。

突然間，門開了。一個侍者比劃著義大利特有的戲劇化的手勢說道：「你的主人要你馬上下去。」我拿起帽子，跌跌撞撞地往外走，來到一樓她的房門口，敲了敲門。

「進來！」

我走了進去，關上門，立正站好。

汪妲將房間布置得舒舒服服的。她正穿著一件帶蕾絲邊的白色細布薄睡衣，坐在紅色小沙發上，腳擱在配套的腳凳上。她將一件毛皮大衣扔在一旁，那件毛皮正好就是我第一次見到她，把她當做愛之女神時穿的衣服。

大燭臺上黃色的燭光映照在大鏡子中，火爐裏紅色的火焰照在綠色的天鵝絨上，棕黑色的紫貂外套上，分外漂亮；映襯著她光滑白皙的皮膚，火紅發亮的頭髮，更加美麗了。這時，她白淨但冰冷的臉轉向我，冰冷的綠眼睛看著我。

「格列高，我對你很滿意。」她開口了。

我對她鞠了一躬。

「靠近點。」

我順從地走上前。

「再靠近點，」她低下頭，用手撫摸著黑色的貂皮，「穿毛皮的維納斯接納了她的奴隸。我明白你不同於普通的幻想者，你並沒有遠遠落後於你的幻想；你是那種隨時想要將幻想變成現實的人，不管有多瘋狂。我必須承認，我喜歡你這樣；這確實令我欽佩。這其中有一股力量，一股令人敬佩的力量。我相信在非比尋常的環境下，在一個偉大事蹟輩出的時代，你的弱點也許會變成一種非凡的能量。在早期的帝國時代，你也許就是個殉教

63 皮翁比是威尼斯城內惡名昭著的總督府監獄。

者，在十六世紀的宗教改革時代，也許就是個激進分子，在法國大革命時代，你可能就是個有雄心壯志的吉倫特黨人64，在登上斷頭臺的時候嘴裏還唱著國歌。但現在你只是我的奴隸，我的——」

她突然跳起來，毛皮大衣滑落下來，她的手輕輕地溫柔地勾著我的脖子。

「我親愛的奴隸，塞弗林。噢，我是多麼地愛你，多麼崇拜你啊！你穿著這制服多麼的帥氣啊！今晚那間破舊的、沒有火爐的屋子會把你凍壞的。我的甜心寶貝，我該將其中一件毛皮給你嗎？那邊那件大的——」

她迅速地撿了起來，披到我的肩膀上，在我還沒有意識到的時候，我已經裹在這毛皮之中了。

「這件毛皮把你的臉襯得多英俊啊，它將你的貴族氣質都顯現出來了。等你一旦不再是我的奴隸，你必須穿著這條帶黑貂的天鵝絨外套，你明白嗎？否則我也不會再穿我那些毛皮大衣了。」

接著，她又開始撫摸我、親吻我，最後她把我推倒在那小小的沙發上。

「你好像很喜歡這毛皮外套，」她說，「快，快！快給我，否則就看不出我的高貴氣質了。」

我將這毛皮給汪妲披上，她只把右手臂伸進袖子裏。

「這是提香畫裏的姿勢，但現在看上去可夠滑稽的了。不要總是看上去這麼嚴肅嘛，這令我很傷心。在人前，你仍然只是我的僕人，你還不是我的奴隸，因為你還沒有簽合同。你仍然是自由身，隨時都可以離開我。你已經將你的角色扮演得很棒了，我已經很高興了。但你是不是已經對此厭倦了，難道你不認為我令人憎惡嗎？那麼好吧，現在我命令你說說你的看法。」

「汪妲，我必須對妳坦白承認嗎？」我開口了。

「是的，必須坦白。」

「就算妳濫用了妳的職權，」我繼續說下去，「妳對我更壞，我卻比以往更愛妳，更加狂熱地崇拜妳。妳所做的使我熱血沸騰，令我全身心陶醉其中。」我緊緊地抱住她，親吻她濕潤的雙唇。

「噢！妳這漂亮的美人！」然後我看著她歡呼。我的熱情高漲，忍不住撕掉她肩膀上的毛皮大衣，然後狂吻她的脖子。

「甚至當我冷酷無情的時候，你還愛著我！」汪妲說道，「現在馬上給我滾——你令我厭煩——你聽到沒有？」

64 吉倫特黨人（Girondist），其主要成員來自法國 Gironde 省。

她扇了我一耳光，令我眼冒金星，耳朵嗡嗡做響。

「幫我穿上毛皮，你這奴隸。」

我儘快地幫她穿好。

「太差勁了，」她叫道，在快穿好的時候，又扇了我一耳光，我感覺自己的臉變得蒼白了。

「我傷到你了嗎？」她問道，輕輕用手摸著我的臉。

「沒有！沒有！」我驚呼道。

「無論如何，你沒有理由抱怨——儘管你想。那麼現在再親我。」

我伸手抱住她，她的唇與我的唇緊緊地糾纏在一起。她身上那件沉重的毛皮大衣壓在我胸前，我有一種奇怪的受壓迫的感覺，好像是一隻野獸，確切的說是一隻母熊擁抱著我。我感覺好像她的爪子滲入我的肉裏。但這時，這隻母熊輕易地放過了我。

我上樓走進我那間可憐的僕人屋，心裏充滿了喜悅的希望，然後倒在那硬木床上。

「生活真是驚人地神奇，」我想著，「不久之前，最美的女人——維納斯還靠在我胸前，現在，我猶如置身在中國的地獄。和我們不一樣，他們不是把罪人扔進火裏，而是讓魔鬼把他們趕到冰天雪地之中。

「很有可能，他們宗教的創始人也睡在沒有供熱的房間裏。」

晚上的時候，我尖叫著從睡夢中驚醒。我夢見我在一片冰雪天地中迷了路，徒勞無功地找尋著出路。突然有一個愛斯基摩人駕著馴鹿雪橇過來，他的臉就是那個來我房間的侍者的臉。

「先生，你在這兒找什麼呢？」他大喊，「這可是北極啊！」過了一會兒，他消失了，汪姐在冰上滑雪。她那白色綢緞裙子隨風飄起來，還發出劈裏啪啦的響聲，還有她的貂皮大衣和帽子，特別是她的臉比雪還要白。她徑直向我衝過來，伸出雙臂抱住我，開始親吻我。突然我感覺我的血液沸騰起來，溫暖起來。

「妳在這兒做什麼？」我慌張地問道。

她大笑起來，當我看著她的時候，發現這不是汪姐，而是一隻碩大的白色的母熊，正用爪子抓住我的身體。

我絕望地叫喊著，當我被嚇醒環顧四周的時候，還能聽見她狠毒的笑聲。

一大早我就站在汪姐門口，侍者將咖啡拿來。我從他手中接過來，端給我漂亮的主人。她已經穿好衣服，看上去很漂亮，像一朵清新嬌嫩的玫瑰。她優雅地對我笑著，當我恭敬地準備退出房間時，她把我叫住了。

「格列高，過來，你也快點吃早餐，」她說，「待會兒我們去找房子。我再也不想待在旅館裏了。待在這裏令人尷尬。如果我跟你說話久一點，人們就會說閒話：『這個俄國女人跟她的僕人有一腿，你看看，凱薩琳那樣的人還存在呢。』」

半小時之後我們出了旅館，汪妲帶著一頂俄國帽子，而我穿著克拉科制服。我們引起了一陣騷亂。我走在她身後十步之遠，表情非常沉重，但是這時候卻很想笑出聲來。幾乎每條街上都有一所漂亮的房子，標著「出租已裝修的屋子」。汪妲總是讓我先上樓，而只有當房子滿足她要求的時候她才會自己上來看。到了中午，我已經像一條外出巡捕牡鹿的獵犬一樣累了。

我們又進了一所房子，但是覺得沒有合適的房間，於是又離開了。汪妲已經有點心情不好了。突然她對我說：「塞弗林，你扮演角色的認真態度真叫人著迷，而我們對彼此關係的約束令我討厭。我已經忍不住了，我確實愛著你，我要吻你。我們去這房間裏吧。」

「但是，女士——」我想反對。

「格列高？」她走進隔壁開著的門廊，爬上了幾級黑暗中的臺階，然後伸手熱情又溫柔地將我抱住，親吻我。

「哦，塞弗林，你真是太明智了。你做奴隸比我想像中的還要危險，你令人無法抗拒，我真擔心會再次愛上你。」

「難道妳已經不再愛我了？」我的心霎時被突然的恐慌揪住了。

她嚴肅地搖搖頭，但是用豐滿迷人的雙唇吻住我。

我們回到旅館。汪妲吃起午餐，並且命令我也趕快吃點東西。

當然，我的午餐沒有她那麼快來，所以當我正要開始吃第二口牛排的時候，侍者進來了，又做了個戲劇化的手勢，說道：「夫人要你馬上就去。」

我只好痛苦地離開我的午餐，又餓又累地去找汪妲，她已經吃好上街了。

「我真難以想像妳這麼無情，」我抱怨說，「幹這麼累的活，妳居然連讓我吃完一頓飯的時間都不給我。」

汪妲高興地笑了，「我以為你已經吃完了呢，」她說，「但是沒有關係。男人生來就是要受罪的，尤其是你。殉教者都還沒有牛排吃呢。」

我只好餓著肚子，生氣地跟著她。

「我已經放棄在這城市裏找一處住所的想法了。」汪妲接著說下去，「因為在這很難找到一整層空的房子，讓我們可以隨心所欲地做想做的事。像我們這樣瘋狂奇怪的關係，肯定是很難協調的。我該去租一整棟的別墅，你別吃驚。你現在可以去填飽肚子，然後在佛羅倫斯逛逛。我會到晚上才回去。如果到時候需要你，我會派人去叫你的。」

我逛了多莫教堂、維琪奧王宮和傭兵涼廊，然後我在亞諾河岸上站了很久。我一次又一次地看著這座古老的佛羅倫斯城，圓圓的屋頂和塔樓輕輕柔柔地聳入蔚藍的萬里無雲的晴空裏。我望著那雄偉的大橋，橋下美麗的黃色河流泛起層層波紋，還有那碧綠的青山環繞著這個城市和城市裏細長的柏樹、眾多的建築物、宮殿和修道院。

這是個不同的世界，是個令我們開心、歡笑的世界，是個誘人的世界。這兒的風景不像我們那兒的那麼嚴肅、那麼憂鬱。從這兒到那散落在淡綠色山中的白色別墅要很長的路程，然而每一處地方都充滿著陽光。這兒的人們不像我們那麼嚴肅，可能，他們沒有想那麼多，可他們看上去全都非常開心。

據說在南方死亡也更容易些。

現在我模糊地感覺到那沒有荊棘的美和不需要受折磨的愛。

汪妲找到一所漂亮的小別墅，將它租了下來，租了一整個冬天。它坐落於亞諾河左岸的迷人的小山上，就在卡希納公園對面，它周圍有一個迷人的花園，旁邊有可愛的小路和草地。它有兩層樓，是義大利流行的方形建築。一邊有條開放的涼廊，涼廊裏有許多古代的石膏雕像，這兒的石階一直通到花園裏。穿過涼廊，會看見一個由華麗的大理石做成的浴池，它由一段螺旋式的樓梯通到主人的臥室。

汪妲一個人住在二樓。

我住在一樓的一個房間裏，這個房間很棒，還有火爐。

我穿過花園，在一個小山包上，發現了一座小寺院，寺院的門是關著的。門上還有條縫，我往裏頭望，發現在白色的基座上有一尊愛之女神。

我心裏輕輕地打了個顫。我彷彿聽見她笑著對我說：「你在那兒嗎？我正等著你呢。」

★★★

又是夜晚了。一個漂亮的女僕帶來口令說主人要見我。我爬上寬寬的大理石臺階，穿過接待室和一個裝修得豪華的大客廳，來到臥室前。我輕輕地敲門，生怕驚擾這四周奢華的擺設。結果沒有人回應，我在門前站了好一會兒。我有種站在偉大的凱薩琳大帝門前的感覺，彷彿她隨時都可能會出來，穿著那由紅色絲帶裝飾著裸露胸部的綠色毛皮睡袍，還有那一頭撲著白色粉末的捲髮。

我再次敲了敲門。汪妲不耐煩地把門打開了。

「怎麼這麼遲？」她問道。

「我已經在門口了，可妳沒有聽到敲門聲。」我膽怯地說。她將門關上，緊緊地抱住我。她將我領到她躺著的紅色錦緞沙發上。房間整個都是用紅色的錦緞布置的，壁紙、窗簾、門簾，床頭的遮布。一幅華美的參孫與黛利拉的油畫裝飾著天花板。

汪妲穿著誘人的睡衣迎接我。白色的綢緞睡袍優雅迷人地在她絕好的身材上搖曳，手臂與胸部在帶著綠色天鵝絨邊的黑色貂皮外套中若隱若現。她那紅頭髮用鑲著黑寶石的頭繩半紮著，從後背一直散落到臀部。

「穿毛皮的維納斯……」我喃喃自語，這時，她將我按到她的胸部上，像是要用吻令我窒息一樣。我不用再說什麼、想什麼，只是沉醉在這一片難以想像的幸福海洋中。

「你還愛著我嗎？」她問道，眼神裏閃爍著嫵媚嬌柔。

「妳說呢！」我大叫。

「你還記得你的誓言嗎？」她帶著誘人的笑容繼續講下去，「現在萬事俱備，我要再鄭重地問你一次，你是否還願意做我的奴隸？」

「難道我還不是妳的奴隸？」我驚訝地反問。

「你還沒有簽合同呢。」

「合同——什麼合同？」

「噢，你看，你是想放棄吧，」她說道，「那麼好吧，我們忘了這事吧。」

「但是汪妲，」我說，「妳可知道對我來說沒有什麼比服侍妳、做妳的奴隸更幸福的事了。我願意受妳掌控直到老去——」

「當你說得如此慷慨激昂的時候，」她低聲說，「你看上去多麼地英俊啊！我比任何時候都更愛你。而你想讓我統治你，對你嚴厲，對你殘酷。這我恐怕辦不到。」

「我可不這麼想，」我笑著回答道，「合同呢，在哪兒？」

「那麼，我想你已經明白了『完全掌控在我手裏』意味著什麼，我已經起草了第二份合同，合同裏聲明你已經決定殺死自己。這樣，如果我願意，那麼我完全可以殺了你。」

「把兩份都給我。」

當我打開合同看的時候，汪妲拿起了筆和墨水。然後她在我身邊坐下，雙手纏繞著我的脖子，注視著合同。

第一份合同寫著：

汪妲·馮·杜娜耶夫人與塞弗林·馮·庫什密斯基先生的合同

塞弗林·馮·庫什密斯基自即日起解除與汪妲·馮·杜娜耶的婚約關係，同時放棄做為她未婚夫的所有權利；相反地，他以做為一個男人和貴族的名譽起誓，他從今以後願意成為她的奴隸，直到她恢復他的自由為止。

做為汪妲．馮．杜娜耶的奴隸，他更名為格列高，並無條件地滿足她所有的願望，遵守她所有的要求；他必須絕對服從主人，將她任何的善意都當做是額外的仁慈之舉。

汪妲．馮．杜娜耶不僅可以懲罰她的奴隸，哪怕是只有一小點的疏忽與過失，而且有權在自己一時興起之時或是為了消磨時間而虐待他。如果她願意，她可以在任何時候殺死他；簡而言之，塞弗林．馮．庫什密斯基就是汪妲．馮．杜娜耶的私有財產。

若汪妲．馮．杜娜耶釋放他，恢復他的自由，那麼塞弗林．馮．庫什密斯基同意忘記所有在他做為奴隸時所經歷和忍受的一切事情，並且保證無論在什麼情況下，都不考慮復仇或報復。

做為主人，汪妲．馮．杜娜耶同意盡可能多穿著毛皮大衣，尤其是當她殘酷地對待奴隸的時候。

合同下邊寫著日期。

第二份合同只有簡短的幾個字。

在對多年的生活和幻想感到厭倦時，我自願結束我這毫無價值的生命。

當我看完時，彷彿被一種強烈的恐懼感揪住不放。現在還有時間，我還是可以放棄，但是瘋狂的激情和這個漂亮女人就靠在我肩膀上休息的場面將我心裏的恐懼一掃而空。

「這一份你需要手抄一份，」汪妲指著第二份合同說道，「這必須是你的筆跡，當然，那份合同就不必了。」

我很快就寫好那幾行要求我自殺的字，交給汪妲。她看了看，笑著放在了桌上。

「現在你還有勇氣簽這份合同嗎？」她問我，斜著腦袋，笑得很詭異。

我拿起了筆。

「還是讓我先簽吧，」汪妲說道，「你的手還在顫抖呢，你還在擔心這些幸福不是屬於你的嗎？」

她拿起合同和筆。當我的內心還在掙扎的時候，我抬頭往上看了片刻。對我來說，這幅在天花板上的油畫，就像是許多義大利和荷蘭學校裏的油畫一樣，完全不符合歷史事實，但是這個非歷史的現象對我卻有一種不可思議的影響。黛利拉，這個奢侈享樂的女人，有著一頭紅色熱情的頭髮，她躺在紅色沙發上，裹在黑色的毛皮斗篷中，衣服半敞著。彎著腰對被菲利斯人打敗並捆綁起來的參孫微笑著。她那嘲諷著賣弄風情的笑聲裏充滿著惡毒與殘酷。她的眼睛，半閉著，迎著參孫的目光。在他看她最後一眼的時候，還是無比地愛著她。但是他的敵人已經跪在了他的胸口上，拿著火紅的烙鐵去刺瞎他的眼睛。

「那麼現在——」汪妲說，「你在想些什麼呢，是什麼困擾了你？親愛的，你難道還不瞭解我嗎？就算在你簽了合同以後，所有一切也還是和以前一模一樣的。」

我看了一眼那份合同。她的名字是用粗體字寫的。我再一次看著她那雙具有魔力的眼睛，然後拿起筆，飛快地簽下了合同。

「你在顫抖，」汪妲冷靜地說，「我能幫你什麼嗎？」

她輕輕地舉起我的手寫字，我的名字就出現在第二份合同的下邊。汪妲又看了看這兩份合同，然後將它們鎖在沙發邊上的桌子裏。

「那麼現在，交出你的護照和錢。」

我拿出錢包交給她。她檢查完，點了點頭，將錢包和合同放在一起。而我，我跪在她面前，頭靠著她的胸，沉醉在甜蜜之中。

突然，她用腳把我踢開，跳起來，拉了鈴繩。三個年輕苗條的非洲女傭應聲走了進來，她們像烏木一樣黑，從頭到腳穿著紅色的綢緞，每個人手裏拿著一條繩子。

突然我意識到我的位置，正想要起身。汪妲驕傲地直立在我的面前，她那漂亮但冷冰冰的臉，嚴肅認真的眉毛，輕視的眼神，轉向了我。她像個女主人般地站在我面前，比劃手勢下了個命令，在我真正意識到發生了什麼之前，非洲女傭就已經將我按到地上，綁好我的手和腳。我的手臂被綁在背後，就像是一個即將被處決的人一樣，我幾乎不能動彈。

「給我條鞭子，海蒂。」汪妲異常冷靜地命令道。

那個非洲女傭跪著將鞭子遞給主人。

「那麼，現在把我沉重的毛皮脫了，」她繼續說下去，「它們妨礙我了。」

女傭遵從了。

「把短外套拿過來！」汪妲命令道。

海蒂快速將她那放在床上的帶貂皮邊的短外套拿了過來，汪妲用無以比擬的優雅方式穿上了它。

「現在將他綁在柱子上！」

女傭們將我抬起，用一條粗繩子捆住我的身體，綁在一根支撐著這寬大的義大利床的柱子上。

然後，她們突然間消失了，好像被大地吞沒一般。

汪妲飛快地靠近我。白色的綢緞長袍在她身後搖曳，彷彿是水銀，又彷彿是月光。她的頭髮彷彿發出了火焰燃燒那白色的貂皮外套時的光芒。她站在我的面前，左手緊緊地扶住臀部，右手握著鞭子，突然笑了起來。

「現在，我們之間的遊戲已經結束了，」她冷冷地說，「從現在開始，一切都絕非玩笑。你這個傻瓜，我嘲笑你，看不起你。你荒謬的迷戀將你自己淪為我——這個淺薄的反覆無常的女人——的玩物。你不再是我愛的男人了，而只是我的奴隸，你的生死在於我的一念之間。

「你該瞭解我的！

「首先，你該好好嘗嘗鞭子的滋味了，儘管你並沒有做什麼壞事，但這樣你會知道如果你做事笨拙、不順從或者不聽管教的話，你會受到什麼樣的懲罰。」

她帶著野性的優雅，將貂皮邊的袖子往上捲，然後抽打我的背。

我退縮著，因為這鞭子彷彿是把刀子割進我的肉裏。

「怎麼樣？你喜歡這樣嗎？」她大叫著。

我沉默不語。

「你等著，你會像狗一樣在我的鞭子下哀號求饒的。」她邊威脅我，邊又開始鞭打我。

鞭子飛速地落在身上，一下一下緊接著，落在我的背上、手臂上、脖子上。我咬緊牙關忍著不叫出來。然後她鞭打我的臉，溫熱的血順著往下流。她卻還是笑著繼續鞭打我。

「直到現在我才瞭解你，」她大叫，「有個男人——愛我的男人——你還愛我嗎？——完全地掌控在自己的手裏，真是一種享受。噢！不！我還沒將你撕成碎片呢，每抽打你一下，我就變得更加快樂些。你像條蟲一樣扭曲著，尖叫著，哀嚎著！你將會發現我一點也不仁慈！」

最後，她終於累了。

她將鞭子扔在一邊，倒在沙發上，按鈴。

女傭走了進來。

「給他鬆綁！」

當她們鬆開繩子時，我像個木墩一樣倒在地板上。這些黑人女僕咧嘴笑了起來，露出白色的牙齒。

「鬆開他的腳。」

她們照做了，可是我站不起來。

「過來，格列高。」

我靠近這漂亮的女人。對我來說，她從來沒有像今天這麼誘人過，儘管她那麼冷酷、那麼輕視我。

「再近一步，」汪妲命令道，「跪下，親吻我的腳。」

她從白色綢緞長袍邊緣伸出腳，而我，這個超感官論的傻瓜，將雙唇印在她的腳上。

「接下來的一整個月中都不准見我，格列高，」她嚴肅地說，「對你來說我就是個陌生人，這樣你會對我們之間新的關係更容易適應些。同時你必須在花園裏工作，等待我的命令。現在你去吧，奴隸！」

一個月就這麼過去了，單調的規律，沉重的工作，憂鬱悲傷的思念，思念著她，這個令我承受這一切痛苦的女人。

我被安排在一個園丁手下幹活，幫他修剪樹枝，清除籬笆，移栽花叢，整修花床，清掃沙礫路面。和他吃一樣粗劣的飯菜，睡同樣的小破屋，早起晚睡。我能不時地聽見我的女主人在享受著生活，被一群仰慕者包圍著。有一次我甚至在花園裏都聽到了她歡樂淫蕩的笑聲。

我覺得自己很傻。這是我現在的生活所導致的，還是我原來就是這樣？這一個月的期限到後天為止就結束了。她會對我做些什麼，或者她已經忘了我，將我丟在這兒修剪樹枝，整理花叢，直到我死的那一天？

一張紙條。

# 命令奴隸格列高來為我服務。

汪妲・杜娜耶

第二天早晨，我揣著惴惴不安的心，掀開緞面窗簾，走進我的女神的臥室。這裏仍然處在一片令人愉悅的幽暗之中。

「是你嗎，格列高？」她問道，我跪在火爐前生火，聽到所愛的人的聲音，我渾身顫抖。我看不見她，她躺在窗簾後面那帶著四根立柱的帳幔床上。

「是的，主人。」我回答。

「現在幾點了？」

「剛過九點。」

「給我早餐。」

我快速地取過來，然後端著盤子跪在她床前。

「這是您的早餐，主人。」

汪妲將窗簾拉到後面，當我第一眼看到她髮絲散落著靠在枕頭上時，我就感覺到很奇怪，她對我來說就像是個完全陌生的人。一個漂亮的女人，但是原先柔和的線條不見了，現在的臉色很差，看起來是一幅疲憊、縱欲過度的樣子。

難道這僅僅是因為我之前沒有注意到嗎？

她綠色的眼睛看著我，眼神裏好奇的成分多於威脅，或者可以說是可憐。她懶懶地將搭在肩膀上的黑色毛皮睡袍拉開。

這一刻，她非常迷人，簡直令人瘋狂，我感到我的血液衝到頭上和心上。我手上的盤子都開始顫抖了。她注意到了，拿起了放在梳粧檯上的鞭子。

「你這可惡的奴隸。」她皺著眉頭說道。

我忙低頭看著地板，穩穩地握住手中的盤子。她邊吃早餐，邊打呵欠，將嬌貴的四肢伸進華麗的毛皮中去。

她按鈴，我走了進去。

「將這封信交給柯西尼王子。」

我趕到市中心，將信交給了王子。王子是個年輕的帥小伙子，有雙充滿活力的黑眼睛。我懷著嫉妒的心，將他的回話帶給汪妲。

「你怎麼了？」她居心叵測地問道，「你看上去臉色蒼白。」

「沒事，主人，我只是走太快了。」

吃午飯的時候，王子來到她身邊，我被要求站在一旁伺候他們倆。他們互相開著玩笑，我對他們來說彷彿是不存在的。有那麼一下，我簡直受不了了。在給王子倒紅酒的時候，我故意讓酒溢出來，灑在桌布上，還有她的長袍上。

「太可惡了！」汪妲大叫著，扇了我一耳光。王子大笑，她也大笑，而我，感到血直衝到臉上，火辣火辣的。

午餐過後，她要駕車到卡希納公園。她自己趕著一輛小馬車，拉車的是一頭棕色的英國小馬。我坐在後面，看著她如何賣弄風情，當每一個紳士向她鞠躬打招呼時，她都風騷地微笑點頭。

當我扶著她下馬車時，她輕輕地靠在我手上，這樣的碰觸令我像是觸電了一般。她真是個魅力無窮的女人，我比之前更愛她了。

晚上六點吃晚飯的時候，她邀請了一群男男女女。我伺候著，但這次我沒有再將酒灑在桌布上了。

一個巴掌實際上比十句教訓的話更來得有效。它能讓你更快地明白，特別是當這個巴掌來自於一個女人之手的時候。

晚飯後，她要駕車到佩戈拉大劇院。她下樓的時候，身穿黑色的天鵝絨袍子，衣領上帶著貂皮邊兒，頭上戴著白色玫瑰花冠，簡直美得令人目瞪口呆。我打開馬車門，扶她上了車。在劇院門口時，我從車夫的位置上跳了下來，她扶著我的手下來，這甜蜜的負擔讓我的手開始顫抖。我為她打開包廂的門，然後在大廳裏頭等她。他們的聚會長達四個小時，她接受了那些仰慕者的拜訪，我氣得咬牙切齒。

午夜過後，我的主人響了最後一次鈴。

「生火！」她粗魯地命令道，當火爐裏的火劈裏啪啦開始燒得很旺的時候，她又命令，「拿茶來！」

當我帶著俄國茶壺回來的時候，她已經將衣服換了，在女傭的協助下換上了白色的睡袍。

然後海蒂就離開了。

「把我睡覺時用的毛皮拿過來。」汪妲說道，犯睏地伸展著她可愛的四肢。我從靠背椅上扶起她的手，她懶洋洋、慢吞吞地將手伸進衣袖裏。然後躺在了沙發墊子上。

「給我脫鞋，然後給我穿上那天鵝絨拖鞋。」

我跪在地上，用力地脫那小小的鞋。「快點！快點！」汪妲大叫，「你弄疼我了！你等著——我來教你。」於是她舉起鞭子抽打了我，然後我馬上就將鞋脫下來了。

「現在給我滾出去！」她又踢了我一腳，然後允許我回去睡覺了。

今晚，我陪她參加了一個聚會。在前廳，她命令我幫她脫下毛皮大衣，然後帶著高傲的笑容和勝利的自信，走進燈火輝煌的大廳裏。我又沉悶無聊地等著時間一分一秒地過去。當大廳的門被打開的時候，音樂聲不時地傳到我耳朵裏。許多侍者企圖跟我閒聊，但是他們很快便打消了這個念頭，因為我只會一點點義大利語。

後來，我等得睡著了，還夢見我出於嫉妒而謀殺了汪妲。我被宣判死刑。我看見自己被綁在刑架上，斧頭掉了下來，我能感覺掉在我的脖子上，但我居然還活著——

然後，劊子手扇了我一巴掌。

不，不是劊子手，是汪妲。她憤怒地站在我面前，向我要她的毛皮大衣。我連忙起身幫她穿好毛皮大衣。

給一個漂亮的女人穿毛皮大衣，看見並能觸摸到她的頸部，她那在珍貴柔軟的毛皮之下的嬌貴的四肢，還有散落在衣領上的捲髮，真是美妙極了。當她將毛皮大衣脫下的時候，她身體上的餘溫和淡淡的體香還留在黑色貂皮大衣的毛尖上。這簡直能讓我瘋掉。

終於有一天，既沒有客人，沒有劇院，也沒有其他伴侶，我輕鬆地歎了口氣。汪妲坐在走廊上看書，顯然沒有叫我的意思。夜幕降臨的時候，銀色的薄霧漸起，她不再待在那兒看書了。我伺候她吃晚餐，她自顧吃著，看也沒有看我一眼，也沒和我說一個字，甚至都不扇我耳光了。

我有多麼渴望她能扇我耳光啊！我的眼眶裏充滿了淚水，我感覺她是如此地羞辱我，她甚至覺得不值得折磨或者虐待我。

終於，在睡覺前，她按鈴叫了我。

「你今晚睡在這兒，我昨晚做惡夢了，現在害怕一個人睡覺。從沙發上拿個墊子，躺在我腳邊的熊皮上。」

然後汪妲把燈吹滅了。房間裏唯一的光源是天花板上的一盞小燈。她爬上床，說：「不要翻身，那樣會吵醒我的。」

我按照她的命令做了，但是好長一段時間都睡不著。我看著這個美得像女神般的女人，她躺在她黑色的毛皮睡袍上，手臂放在脖子後面，紅頭髮披散下來蓋住手臂。我聽見她均勻的呼吸聲，看見她豐滿的胸部隨著呼吸上下起伏。無論她什麼時候輕輕地轉身，我都會驚醒過來，看看她是否需要我做什麼。

但她並沒有叫我。

我並沒有什麼任務。我對她來說不過像是盞夜燈或是放在枕頭下的手槍。到底是我瘋了還是她呢？所有這一切都源自於一個善於創造、胡鬧瞎搞的女人，而她僅僅是為了比我這個超感官者的幻想更加瘋狂些嗎？或者是這個女人真的是有著跟暴君尼祿一樣的性格，將有血有肉、跟他們一樣有夢想的人當做蟲子一樣踩在地上，以此獲得殘忍的快樂？

看看我都經歷了些什麼呀！

當我端著托盤，上面放著咖啡，跪到她床前的時候，汪妲突然將手放在我肩膀上，她的眼睛凝視著我，彷彿要將我看穿。

「你的眼睛多美啊，」她柔聲地說，「特別是在你受折磨的時候。你感到難過嗎？」

我低著頭，沉默不語。

「塞弗林，你還愛著我嗎？」她突然充滿激情地叫出來，「你還能愛我嗎？」

她激動地用力抱緊我，以至於晃倒了裝咖啡的托盤，罐子和杯子都掉到了地上，咖啡灑在地毯上。

「汪妲——我的汪妲！」我哭喊著，緊緊地抱住她，我不停地親吻著她的紅唇、臉頰、胸脯。

「我的痛苦在於當妳對我越壞，越是背叛我時，我卻越來越瘋狂地愛著妳。噢！我會在愛、恨和嫉妒交織的痛苦中死去。」

「但是，塞弗林，我還沒有背叛你呢。」汪妲笑著回答。

「沒有？汪妲！妳不要這樣無情地和我開玩笑了，」我大叫，「我不是親手將信交給王子了嗎——」

「當然，那封信是邀請王子與我共進午餐。」

「自從我們來到佛羅倫斯，妳已經——」

「我是絕對忠誠於你的，」汪妲回答道，「我對著神靈發誓，我所做的都是為了完成你的夢想，這一切都是為了你。

「但是，我需要再找一個情人，否則事情將會半途而廢，最後你該責備我對你不夠殘忍了，我親愛的奴隸！但是今天你可以做回塞弗林——我唯一愛著的男人。我還沒有扔掉你的衣服。它們都放在櫃子裏。去，穿上你在喀爾巴阡山經常穿的衣服，在那兒我們親密無間地愛著彼此。忘掉在那以後發生的事吧，哦，在我的懷裏你會很快忘掉的，我會將你的傷悲全都吻走的。」

她開始像對小孩一樣對待我，親吻我，呵護我。最後她優雅地笑了，「現在去穿上衣服，我也穿上。我該穿上那帶貂皮邊的外套嗎？哦——是的，我知道，現在馬上去！」

當我回來的時候，她已經穿著白色綢緞長袍，外面套著件紅色帶貂皮邊的外套站在房間中央位置，她的頭髮上灑了白色的粉末，額頭上帶了一個鑽石皇冠。在那一刻，她令我想起凱薩琳二世，但是她並沒有給我多少回憶的時間。她將我推倒在沙發上，躺在她身邊，我們一起度過了愉快的兩個小時。她不再是嚴厲的反覆無常的女主人，而是一個漂亮的女人，一個溫柔可人的甜心愛人。她給我看她的照片和書籍，並講述她對這些書籍的看法，話語中充滿了智慧，精練到位，而且很有品味。我不止一次地親吻她的手，充滿了興奮。然後她要我背誦一些萊蒙托夫[65]的詩，當我渾身上下充滿了激情的時候，她將小手輕輕地放在我手裏。她說話如此溫柔，她的眼睛裏充滿了柔和的喜悅。

「你幸福嗎？」

「還沒有。」

於是她靠在墊子上，慢慢地解開外套。

但是我立刻用貂皮將她那半露的胸部遮住。我結結巴巴地說，「妳這樣會讓我發瘋的。」

65 萊蒙托夫（Lermontov, 1814-1841），俄國詩人。

「來吧！」

她剛一說完，我就已經躺在她手臂上，她像蛇一樣用舌頭纏繞著我，然後再次輕聲問道，「你現在幸福了嗎？」

「無比幸福！」我呼喊道。

她大笑，這魔鬼般的笑聲如此尖利，令我毛骨悚然。

「過去，你常常夢想著成為漂亮女人的奴隸、玩物，而現在你想像著自己還是個自由人，一個自由的男人。我親愛的，你真是個傻瓜！我的一個手勢，就足以讓你再變回奴隸。跪下！」

我從沙發上跌到她腳邊，但是我眼睛始終盯著她，充滿了懷疑。

「你還不相信！」她看著我說道，雙手交叉在胸前，「我已經厭倦了，你就這麼跪著幾個小時好了。不要用那種眼神看我。」

她用腳踢了踢我。

「我要你變成什麼就得是什麼，你可以是人，是東西，或者只是動物——」

她按鈴。三個黑人女傭走了進來。

「將他的手綁在背後。」

我還跪在那兒，毫不反抗地任她們捆綁。她們將我帶到花園裏，一個面朝南的小葡萄園中。藤中間種著玉米，不時地還能看見些乾了的葡萄藤掛在那兒，旁邊還有一把犁。

黑人女僕們將我綁在一根柱子上，用她們金色的髮針紮我，以此為樂。不久，汪妲便出現了。她頭上戴著貂皮帽子，雙手插在外套的口袋中。她命令將我從柱子上鬆開，然後將手綁在背後。接著她取出一把軛套住我脖子，再接上犁。

然後，這幾個黑色的惡魔將我趕到田裏。其中一個穩住犁，另一個在前面拿繩子牽著我，第三個揮動鞭子抽打我，而穿著毛皮的維納斯則站在一旁觀看著。

當我第二天伺候汪妲吃晚餐的時候，她說：「再拿一付餐具來，今晚我要你陪我吃晚餐。」當我正要坐在她對面時，她說道：「不，坐到我旁邊來，緊挨著我。」

她心情好極了，舀湯給我喝，餵我東西吃，像小貓一樣將頭靠在餐桌上，與我調情。海蒂今天代替了我，伺候在餐桌旁。我看了她一眼，時間比平常要看得久些，這一舉動為我帶來了今天的災難。今天我才注意到她高貴的歐洲人的面部特點，以及如黑色大理石雕像般美麗豐滿的胸部。她注意到我在看她，露出牙齒咧嘴笑了。還沒等到她離開屋子，汪妲就憤怒地跳了起來。

「什麼！你竟敢在我面前偷看其他女人！可能你喜歡她要比喜歡我多一些，她更有魔力！」

我害怕了，我從來沒有見到她這樣過。她突然臉色煞白，渾身氣得直抖。穿毛皮的維納斯在因為她的奴隸而嫉妒。她一把抓住鞭子，抽在我臉上。後來她叫來黑人女僕，將我捆住拖入地窖中。地窖又黑又潮濕，是真正的牢籠。

然後門砰的一聲關上了，上了門閂，鎖上了。我成了一名被關押的囚犯了。

我躺在那兒不知過了多久，就像一頭被捆住放在潮濕草地上等待宰割的小牛，沒有燈，沒有食物，沒有水，也沒法睡覺。如果我沒有被凍死的話，那麼她就是想把我給餓死。我有點冷得發抖，我發燒了嗎？我感覺自己開始恨這個女人了。

一道紅得有如鮮血一般的光線掃了進來，這是門開後從外面透進來的光線。

汪妲出現在門口，穿著貂皮大衣，手裏握著火把。

「你還活著嗎？」她問道。

「妳是來殺我的嗎？」我用低沉嘶啞的聲音反問道。

汪妲疾邁了兩大步，走到我旁邊，跪在我面前，將我的頭放到她大腿上：「你病了嗎？你的眼睛瞪得真可怕，你還愛我嗎？我希望你還能愛我。」

她掏出一把匕首。當刀鋒在我眼前閃動時，我害怕了。那時我真的以為她要殺我了。

她見狀笑了起來，割斷了捆著我的繩子。

接下來的每天晚上，吃過晚餐後，她都會召喚我。讓我讀書給她聽，她會和我討論各種有趣的話題。她彷佛完全變了付樣子了，她居然為背叛我、那麼殘忍地對待我而感到羞愧。她整個人變得很溫柔，道晚安的時候，她會伸出手讓我親吻道別，她的眼神裏透露著超乎常人的愛和善良。這令我感動得流淚，讓我忘記了生命中所有的痛苦和對死亡的恐懼。

我正給她念《瑪儂．雷斯考》。她領會了其中的寓意，但是並沒有說一個字，只是不時地笑笑，最後合上了這本書。

「妳不想繼續讀了嗎？」

「今天就念這麼多吧。我們自己來演一出《瑪儂．雷斯考》吧。我在卡希納有個約會，而你，我親愛的騎士，就陪我去吧。我知道你會的，對嗎？」

「您可以這麼命令我。」

「我不是在命令你，我是懇求你。」她說話的樣子無比迷人。然後她站起來，將手搭在我肩上，凝望著我。

「看你的眼睛！」她大叫，「我愛你，塞弗林，你不知道我有多麼地愛你！」

「是的，我瞭解！」我酸苦地反駁道，「妳愛我愛到去和別的男人約會。」

「我這樣做只是為了更好地引誘你，」她高興地說，「我必須有仰慕者，這樣我才不會失去你。我從來不想失去你，從來沒有，你聽到了嗎？因為我只愛你，只愛你一個。」

她激動地吻我的唇。

「哦，如果可以的話，我願意將我整個靈魂化做一個吻獻給你——然而——現在隨我來吧。」

她穿上一件樣式簡單的黑色天鵝絨外套，頭戴一頂黑色俄國式帽子，然後快速地穿過走廊，走上馬車。

「今天格列高駕車。」她對車夫這麼說，車夫驚訝地退了下來。

我坐上車夫的位置，憤怒地趕著馬車。

到了卡希納，汪妲在主道拐進林蔭小徑的地方下了車。已經是晚上，只有星星穿過烏雲在天空中閃爍。在亞諾河岸上，站著一個穿黑色外套、頭戴土匪帽子的男人，正望著黃色的河水。汪妲快步穿過灌木叢，拍了拍他的肩膀。我看見他轉過身，抓著她的手，然後他們便消失在那綠牆之後了。

折磨人的一個小時終於過去了。有一邊的灌木叢沙沙作響，是他們回來了。

這個男人護送她上了馬車。燈光下，我看見的是一張在長長的金色捲髮下歡喜雀躍、柔和帶著夢幻感覺的臉，這是個我以前從來沒有見過的年輕人。

她伸出手，那個男人敬重地吻了吻以此道別，然後她對我做了個手勢，馬車立刻將沿河的枝繁葉茂的牆甩在了後面，這牆看上去就像是綠色的長長的屏風一樣。

花園的門鈴響起。一張熟悉的臉孔，正是在卡希納的那個男人。

「我該怎麼稱呼你？」我用法語詢問他，他膽怯地搖了搖頭。

他不好意思地問：「請問，您會講德語嗎？」

「會，請問你叫什麼名字？」

「噢！我還沒有名字呢，」他尷尬地回答道，「告訴你主人說卡希納的德國畫匠到了，想——想見她本人。」

汪妲走到陽臺上，對這個陌生人點了點頭。

「格列高，帶這位先生進來！」她叫我。

我引著他上了樓梯。

「謝謝，我可以自己找她了，謝謝，非常感謝！」他衝上樓梯。我還站在原地不動，惋惜地看著這個可憐的德國人。

穿毛皮的維納斯已經將他的靈魂緊緊拴在她的紅頭髮上了。他將為她畫畫，他將因失去靈魂而發瘋。

這是冬日裏陽光燦爛的一天。金燦燦的陽光灑在樹葉上，散落在綠色的草地上。走廊角落的山茶花正欣欣向榮地發芽。汪妲坐在涼廊裏畫畫。德國畫家站在她對面，兩手拱著，一付崇拜的樣子，看著汪妲。不，他凝視著汪妲，完全沉醉於其中，喜悅之情溢於言表。

但是汪妲並不看他，也沒有看著拿鏟子整理花床的我。但是，我能看見她，感受到她離得很近，在我看來，她就是一首詩，一段音樂。

畫家走了。我決定做一件很冒險的事——我走到涼廊，離汪妲很近，問她：「主人，妳愛這個畫家嗎？」

她看著我，並沒有生氣，而是搖搖頭，最後甚至還笑了。

「對他，我感到遺憾。」她回答道，「但是我不愛他。現在我不愛任何人。曾經，我深深地愛著你，對愛充滿了激情。但現在我也不再愛你了。我的心死了，空洞洞的，這讓我感到難過。」

「汪妲！」我叫著她的名字，深深地感動著。

「不久，你也將不再愛我了，」她繼續說下去，「當你不再愛我的時候，告訴我，而我也將還你自由。」

「我這一生都將是妳的奴隸，因為我崇拜愛戴妳，直到永遠。」我大叫，我被這狂熱的愛緊緊抓住，它已經一再地傷害了我。

汪妲驚奇歡喜地看著我。「好好想想你所做的事，」她說，「我永遠愛你，對你專橫是為了完成你的夢想。那些我曾經對你的感覺，一種深切的同情仍然在我心中蕩漾。當這些感覺都消失以後，誰知道我是不是會還你自由呢？我是不是不再變得冷酷無情甚至是野蠻呢？也許我不會再因為折磨虐待崇拜我的人而從中獲得魔鬼般的快樂，同時也不會對愛有所感覺或是愛上其他人；也可能我會很享受他因愛我而死的情景。你好好想想吧。」

「這些我很早就都想過了，」我回應道，感到一陣燥熱，「沒有妳我無法活下去，如果妳給我自由，我寧願死掉，讓我留在妳身邊當妳的奴隸或是殺了我，但請不要趕我走。」

「那麼好吧，你就繼續做我的奴隸吧，」她回答道，「但是不要忘記我已經不再愛你，你的愛對我來說就跟一條狗的是一樣的，至於狗，我還能一腳踢開呢。」

今天，我參觀了梅迪奇的維納斯像。

那時還很早，這小小的八角形談判室裏透著微弱的光，彷彿是個避難所。我站在這尊沉默的女神像前，雙手交叉，陷入了沉思。

但是我並沒有在那發呆很久。

這涼廊中沒有一個人，甚至連英國人都沒有。我雙膝跪在地上，抬頭望著這尊女神可愛苗條的身材，微微隆起的胸部，少女般天真卻撩人的臉蛋，那彷彿帶著芬芳香氣的捲髮似乎隱藏在前額兩端。

我的主人又按鈴了。

現在已經是中午時分。但是她還躺在床上，脖子枕在手臂上。

「我想去洗澡，」她說，「你跟著來。把門鎖上！」

我順從她的命令。

「現在下樓看看下面的門是否也鎖好了。」

我走下那從她臥室通向浴室的螺旋式樓梯，我的腳在發軟打顫，我不得不扶著旁邊的鐵欄杆。我在確定通往涼廊和花園的門都鎖好後才返回，汪妲已經坐在床上，頭髮鬆散著，裹在綠色天鵝絨的毛皮大衣裏。當她挪動的時候，我發現她只穿著這件毛皮大衣。這令我感到恐懼，我不知道為什麼。我就像一個被宣判死刑而正走向絞刑架的人，而當他看到絞刑架時，開始顫抖。

「過來，格列高，把我抱起來。」

「主人，妳的意思是？」

「哦，叫你抱著我，你明白了嗎？」

我將她抱起，她就在我懷裏，手繞過我的脖子。慢慢地，一步接一步，她的頭髮不時地摩挲著我的臉頰，她的腳頂著我的膝蓋。我手裏負擔著這美女，腳卻在打顫，感覺自己隨時都有可能倒下。

這間浴室很寬大，是高高的圓形建築，從圓形屋頂上的紅色玻璃透進一道柔和的光線。兩棵棕櫚樹展開寬闊的葉子，就像屋頂上蓋了一層綠色天鵝絨墊子。這兒的臺階鋪著土耳其地毯，直通向佔據屋子中央的白色大理石浴盆。

「在樓上我的梳粧檯上有一條綠色絲帶，」當我將她放在沙發上時，汪妲說道，「去拿過來，再把鞭子也帶過來。」

我飛奔上樓，又馬上回來，跪著將綠絲帶和鞭子交給她。她要我將她一頭厚重的捲髮用綠絲帶盤個髮髻。然後，我開始放洗澡水。我顯得特別笨拙，因為我的手腳都不聽使喚了。我不由自主地一直看著這個躺在紅色墊子上的漂亮女人，她那美妙的身體在毛皮下隱約可見。有一股魔力推動著我忍不住去看。她半掩欲露的姿態是多麼豔麗多麼放蕩。我想入非非的時候，澡盆的水滿了，汪妲一下就脫掉了毛皮大衣，站在我的面前，就像是八角談判室裏的女神。

在她脫掉外套的那一瞬間，她看起來是那麼的神聖純潔，彷彿就是多年前崇拜的女神。我跪在她的面前，低著頭親吻她的腳。

我的靈魂，之前還是波濤洶湧，突然間完全平靜下來，而我也感覺不到一絲汪妲的冷酷。

她慢慢地走下樓梯，我看見她平靜地走下來，沒有夾雜一絲的痛苦或是欲望。我看著她走進這晶瑩透亮的水中，又從水裏浮了上來，她激起的小小波浪纏繞著她，彷彿是溫柔的愛人一般。

虛無主義的美學家說得對：一個真正的蘋果比畫中的要漂亮得多。一個活生生的女人要比一尊石雕維納斯美妙得多。

當她離開浴室的時候，銀色的水珠和玫瑰色的燈光照在她身上，閃閃發光，我完全被迷住了，心裏暗自歡喜。我用亞麻布裹住她，擦乾她美妙的身體。此刻，靜靜的喜悅環繞在心裏，即使現在她的腳放在我身上，把我當腳凳。她躺在天鵝絨披風上，柔軟的毛皮撩人心扉地裹住她冰冷的大理石般的身子。她用左手臂伸進黑色的毛皮袖子，支撐著自己，看上去像一隻睡著的天鵝。右手不經意地玩著鞭子。

偶然間，我瞥到對面牆的鏡子上，忍不住叫了出來，因為我看見我們倆在這金色的邊框中彷彿是在一幅油畫裏。這幅畫是如此美妙、如此奇特、如此富有想像，一想到它的輪廓與顏色會像霧一樣消散，我便陷入了深深的哀傷中。

「你怎麼了？」汪妲問。

我指著鏡子。

「啊，好漂亮啊！」她也叫了出來，「不能將這一幕定住，永遠保存下來，真是太遺憾了。」

「為什麼不呢？」我問道，「為什麼不叫個畫家來呢，即使是最出名的畫家也會因妳給他機會為妳畫畫，用他的畫筆讓妳永恆而感到自豪呢。」

「一想到這麼美麗的女子將消失於這個世界，」我望著她繼續慷慨激昂地說，「該是多麼可怕的事情啊！美妙的面部表情，深邃的綠眼睛還帶著些神祕感，充滿魔力的捲髮，動人的軀體。這種想法令我害怕得要命。但是藝術家之手會將妳從滅亡中挽救出來。妳不會像我們一樣永遠從人世中消失。妳的畫像會活在這個世界上，甚至存活到妳已經變成塵土的時候，哦，美麗的女子會超越死亡而存在。」
汪妲笑了。
「但是糟糕的是現在義大利沒有提香或者拉斐爾了。」她說道，「但是，愛情也許能創造出一個天才，誰知道呢？那個小小的德國畫家或許可以為我作畫。」她沉思道。
「是的，他很適合為妳畫畫，我確信愛之女神會將顏料調好。」

★ ★ ★

這個年輕的畫家已經在別墅裏弄好了一間工作室，他完全在她的掌控之下。他剛開始的時候畫了位「聖母瑪利亞」，一位紅頭髮、綠眼睛的「聖母瑪利亞」。只有這個德國理想主義者才會企圖將這個完全暴躁的女人畫為一個純潔的形象。這個可憐的傢伙比我更像是頭蠢驢呢。不幸的是，我們的蒂塔妮婭66很快就發現了我們的驢耳朵。
現在她正嘲笑著我們，不知道笑的有多開心呢！當我站在工作室的窗戶下，聽到她傲慢卻美妙的笑聲在工作室裏響起時，便嫉妒得要命。
「你瘋了嗎，我——哈！真是不可思議，我像聖母嗎？」她尖叫起來，接著又大笑，「等等，我給你看我的另一張畫像，一張我自己畫的畫像，你可以模仿一下。」

她的頭伸到窗子邊上，在陽光下紅色的頭髮像是團火焰在燃燒。

「格列高！」

我飛奔上了樓，穿過走廊，走進工作室。

「帶他去浴室。」汪妲命令道，然後她便急促地走開了。

過了一會兒，汪妲出現了，身上只套著那件黑色貂皮外套，手裏拿著鞭子，她走下樓，像之前一樣躺在天鵝絨墊子上。我躺在她腳邊，她將一隻腳踩在我身上，她的右手玩著鞭子。「看著我，」她說，「用你那深切而狂熱的眼神看著我。這就對了！」

這個畫家的臉變得慘白慘白的。他那美麗的夢幻般的藍眼睛貪婪地望著這個場景，他的嘴張開著，但是什麼也沒說。

「怎麼樣？喜歡這樣的畫面嗎？」

「是的，這就是我想畫的樣子。」這個德國畫家說道，但這並不僅僅是語言，而是無奈的歎息，是一個受傷的心靈在哭泣，一個受到致命傷害的心靈的哭泣。

---

66 蒂塔妮婭（Titania），莎士比亞《仲夏夜之夢》裏的仙后，被人施魔法愛上一個長著驢頭的男子。

炭筆素描已經畫好了，頭部和肉體部分已經填上顏色。在一些粗線條的勾勒下，她魔鬼般的臉已經顯現出來了，她的綠眼睛已經開始有生氣了。

汪妲雙手交叉在胸前，站在畫布前看著。

「這幅畫，就像很多在威尼斯學校裏的畫像，既是人物肖像又在敍述故事。」畫家如此解釋道，他的臉又變得煞白，像死人的臉一般。

「那給它起個什麼名字呢？」她問，「你怎麼了？病了嗎？」

「我恐怕是——」他著迷地盯著這個穿毛皮的漂亮女人，回答道，「我們還是來談談這畫吧。」

「好吧，我們就談這畫。」

「我想像著這愛的女神已經因為一個凡人從奧林帕斯山上下凡。這凡人的世界總是很冷，所以她只好裹在厚厚的毛皮之中以便禦寒，並將腳放在愛人的膝蓋上。我想像著這個美麗的暴君最喜歡做的是在她厭倦了親吻她的奴隸時，使勁地鞭打他。她越是將他踏在腳下，他便越瘋狂地愛著她。因此我給這幅畫取名為《穿毛皮的維納斯》。」

這個畫家畫得很慢，但是他的熱情卻越來越高漲。我擔心他最後的結局將會是自殺。她玩弄著他，設了許多他無法解開的謎，他的血液已經開始凍結，但這些都令她愉悅。

坐在畫家面前時，她一小口一小口吃著糖果，捲起紙張，包成一個個的小彈丸，用來扔畫家。

「我很高興妳今天心情這麼好，」畫家說道，「但是妳的臉上卻失去了我要畫入畫裏的表情。」

「你需要畫入畫中的表情？」她笑著回答道，「等一下。」

她站起來，給了我一鞭子。畫家驚惶失措地看著她，臉上現出孩童般驚訝的表情，還夾雜著噁心和崇拜。

當汪妲鞭打我的時候，臉上的表情越來越殘酷與輕蔑，這令我既害怕又竊喜。

「這是你畫畫所需要的表情嗎？」她叫道。在她冰冷眼神的注視下，畫家低下了頭，陷入困惑中。

「這個表情——」他結結巴巴的說，「但是我現在不能畫——」

「什麼？」汪妲藐視地說道，「也許，我能幫你些什麼？」

「是的——」那個德國人叫道，好像瘋了一樣，「妳也鞭打我吧！」

「噢，好的，非常樂意。」她回答道，聳了聳肩，「但如果我鞭打你的話，我將會是很鄭重嚴肅的。」

「鞭打我到死都可以！」畫家叫道。

「你願意被我綁起來嗎？」她笑著問。

「是的——」他呻吟道。

汪妲離開了一會兒，回來的時候手裏多了幾條繩子。

「那麼——你是否真的有勇氣將你自己交給一個穿毛皮的維納斯，一個漂亮的暴君，不計較是好或是壞？」她諷刺地開始問話。

「是的，將我綁起來吧。」畫家沉悶地回答道。汪妲將他的手綁在背上，用一條繩子綁住手臂，另一條綁住身體，然後把他綁在窗戶的十字柱上。接著她捲起毛皮，抓住鞭子，走到他面前。

對我來說，這樣的場景無比吸引我，我無法形容我有多入迷。我感覺到心在怦怦地跳。汪妲微笑著，揮起鞭子，鞭子在空中嘶嘶地響，第一鞭打在他身上時，他稍微退縮了一下。然後她一鞭接一鞭地打在他身上，她的紅唇半啟，露出牙齒，直到他用那藍色哀怨的眼神向她求饒，這才罷了手。這樣的場景美得真讓人無法形容。

現在汪妲正和他一起在工作室裏，他正畫她的頭部。

她將我安置在隔壁的房間，在厚厚的窗簾之後，在那裏他們看不見我，而我卻能清楚地看著他們。

但是現在她想做什麼呢？

她害怕他了嗎？汪妲已經將他變得很愚蠢了呀，或者這是她對我一種新的折磨方式？我的雙腳開始顫抖。

他們倆開始談論些什麼。他放低聲音，我什麼也聽不見，她也同樣放低聲音回答著。這意味著什麼呢？他們倆在商量著什麼呢？

我承受著可怕的痛苦，我的心都快要爆炸了。

他跪在她面前，抱著她，頭靠在她懷裏；而她——無情地——大笑起來。然後就聽見她大聲說起來。

「啊！你需要再次挨鞭子。」

「夫人！天啊！難道妳這麼無情嗎？妳沒有愛嗎？」德國人呼喊著，「難道妳甚至不懂得愛意味著什麼？不懂得那種被渴望與激情包圍著的感覺嗎？妳甚至無法想像我所受的折磨，妳一點都不同情我嗎？」

「一點也不！」她驕傲地嘲弄般地回答，「我只有鞭子。」

她迅速地從毛皮外套的口袋中掏出鞭子，抽打在他臉上。這個德國人站了起來，向後退了好幾步。

「那麼，你現在能開始作畫了嗎？」她無情地問。德國畫家沒有說什麼，只是默默地走回畫架前，拿起了畫筆和調色板。

這幅畫出奇地棒！這幅肖像畫得無比逼真，畫出了一幅理想的畫面。畫中顏色如此濃烈，惡魔的形象栩栩如生。

畫家將他所受的折磨，他對汪妲的愛慕和對汪妲的詛咒全部都畫進了這幅畫。

現在他正給我畫像，我們倆每天都有好幾個小時單獨待在一起。今天，他突然用顫抖的聲音問我：「你愛這個女人嗎？」

「是的。」

「我也愛她。」他的眼眶濕潤了，沉默不語好一會兒，然後接著畫畫。

「在我德國的家鄉，有一座山可以給她住，」他喃喃自語，「她真是個魔鬼。」

畫像終於完成了。她像個王后一般，非常慷慨地堅持要給他報酬。

「噢！妳已經給過我報酬了。」他苦笑著，拒絕了她。

在他離開之前，他偷偷地打開了畫夾，給我看裏面的東西。我完全驚呆了。在畫中她看著我的情景就好像是出現在鏡子裏一般，活靈活現，出神入化。

「我要將這幅畫帶走，」他說，「這是我的，她無法從我這兒拿走。這是我費盡心血畫出來的。」

「我真的對那可憐的畫家感到抱歉，」她今天這樣對我說，「我善良的樣子真荒唐，你說呢？」

我沒敢說什麼。

「哦，我忘了我是同一個奴隸說話，我需要呼吸新鮮空氣，轉移注意力，忘掉這些事。去備馬車，快！」

她的新衣服真是奢侈浪費：帶著貂皮邊的紫羅蘭天鵝絨做成的俄羅斯短靴，同樣質地的短裙，用細長的絲帶和玫瑰花形的毛皮做裝飾，外面套了一件非常合身的短外套，外套上也用許多的貂皮做裝飾。頭上戴的帽子是類似凱薩琳二世戴的高高的貂皮帽子，帽子邊上有一根用寶石扣固定住的小小的白色羽毛，她的紅頭髮散落在背上。她坐上車夫的位置，自己駕著馬車，我坐在後面。她用力地鞭打著，馬車瘋狂地往前衝。

很明顯，今天她這麼做是想吸引別人的注意力，引起轟動，而她確實成功了。她就像是卡希納的母獅子[67]一樣。人們從馬車裏探出頭向她致敬，在小路旁，人們成群地聚集在一塊兒討論著她。她一點也沒有留意其他人，除了不時向年長的紳士們輕輕地點頭表示還禮。

突然間，有一位年輕人騎著一匹小黑馬狂奔而來。他一看到汪妲，便勒馬停止奔跑，並且趕馬走了過來。當靠得很近的時候，他完全停了下來，讓汪妲先過。這時候，汪妲也看到了他——彷彿是母獅遇見公獅——他們四目相對。然後汪妲瘋狂地駕車從他身邊擦身而過，但她無法擺脫他帶有魔力的視線，她仍轉過身去，追隨著他的身影。

當我看著汪妲見到那個年輕人時那半是驚訝半是興奮的眼神，我的心跳幾乎都停止了，但那個年輕人確實值得讓人留戀。

因為他確實是個英俊的男人，不，可以說，他是我見過的人中最英俊的了。他像是貝凡維迪宮[68]裏的雕像，一座用大理石雕刻而成的雕像，有著和雕像一樣的修長身材，鋼鐵般結實的肌肉，相同的臉龐和卷髮。但是他的特別之處在於他沒有留鬍鬚。如果他的骨盆更窄一些，那麼可能他會被誤認為是女扮男裝。他的嘴角顯出古怪的表情，嘴巴半張著，露出牙齒，為這張英俊的臉龐增添了一種冷酷的意味。

阿波羅正在鞭打馬西亞斯[69]。

他腳上穿著黑色的高筒靴，正好配上白色的皮質馬褲，義大利軍官穿的黑色毛皮短外套，帶著羔皮邊兒，還有許多的裝飾環。他黑色的頭髮上戴著頂紅色竹山帽。

我現在明白什麼是愛神厄洛斯，我現在對蘇格拉底竟然能在亞西比德[70]面前還能把持得住而深感驚訝。

我從來沒有見過汪妲——這頭母獅子如此興奮。當她下了馬車回到別墅的時候，她的臉頰還在發燙。她快步上樓，蠻橫地命令我跟上。

她在房間裏煩躁地來回踱步了好久。終於，她開始說話了，聲音如此急促以至於把我嚇到了。

「你馬上去給我弄清楚那個在卡希納的男人是誰！

「噢！多麼英俊的男人啊！你看見他了？你對他有什麼看法，告訴我。」

「這個男人很英俊。」我悶悶地說。

---

67 卡希納（Cascine），佛羅倫斯的卡希納公園曾是梅迪奇家族的私人狩獵場。

68 貝凡維迪宮（Belvedere），建於十八世紀初，曾是奧地利皇室的皇宮，現為國家美術館。

69 希臘神話裏，羊人馬西亞斯向阿波羅挑戰比誰的笛子吹的最好，結果馬西亞斯落敗，被阿波羅活活剝了皮。

70 亞西比德（Alcibiades），雅典城的神童，與蘇格拉底有段柏拉圖式的愛情。

「他真的很英俊，」汪妲停了下來，靠在椅子的扶手上，「令我無法呼吸。」

「我能看得出他對妳的影響。」我回答道，我在想像中來回旋轉，「我自己也沉醉在愛慕之中，我能想像——」

「你能想像？」她大聲笑話道，「那個男人是我的情人，他也會鞭打你，你會享受他的鞭打。

「現在你走吧，快去弄清楚。」

直到夜幕降臨前，我才弄清楚消息。

當我回來的時候，汪妲仍然還是著裝整齊的，她斜靠在沙發上，臉埋在手裏，頭髮凌亂地散落著，像是母獅紅色的鬃毛。

「他叫什麼名字？」她問道，出奇地冷靜。

「亞力克斯・帕帕多波利斯。」

「那麼說，他是希臘人了？」

我點了點頭。

「他非常年輕？」

「好像不比妳大。據說他在巴黎念書，是個無神論者。他還曾經在坎迪亞[71]跟土耳其人作戰。據說，不管是在種族憎恨、殘忍性格還是英勇善戰方面，他都是很突出的。」

「那麼，從各方面來說，他都是個真正的男人了。」她大叫，兩眼放光。
「他現在住在佛羅倫斯，」我繼續說下去，「據說他非常有錢——」
「我不是問你這個，」她立刻尖銳地打斷我的話，「這個男人是個危險人物。難道你不怕他嗎？我很害怕。他有妻子嗎？」
「沒有。」
「有情婦嗎？」
「沒有。」
「他去哪個戲院看戲？」
「今晚他會在尼可利尼劇院，維吉尼婭．瑪麗妮和薩爾莉妮在那兒表演；她們是義大利、也許是歐洲最紅的藝術家。」
「你在那兒給我訂個包廂——快去！」她命令道。
「但是，主人——」
「你想嘗嘗鞭子的滋味，是嗎？」

71 坎迪亞（Candia），十三—十七世紀，義大利殖民者對希臘克里特島的指稱。

「你在大廳等我，」當我把看歌劇的望遠鏡和節目單放在她包廂角落裏，然後調整好腳凳的高度的時候，她對我這麼說。

現在，我站在大廳裏，身子斜靠在牆上，這樣才能支撐自己，不會因為嫉妒和憤怒而倒下。不！不是憤怒，而是致命的恐懼才對。

我看見她穿著藍色的綢緞禮服，裸露的肩膀搭著貂皮大衣坐在包廂裏；而他坐在汪妲對面。我看見他們四目相對，含情脈脈。對他們來說，舞臺、哥爾多尼72的《帕美勒》、薩爾莉妮、瑪麗妮、劇院裏的觀眾，甚至是整個世界今晚都已經不存在了。而我，此時的我又算是什麼呢？

今天她去參加希臘大使家的舞會。她知道會在那裏碰見那個希臘人嗎？

不管怎麼樣，她都會打扮得好像會碰到他的樣子。一件厚重的低胸無袖的綠色絲綢連衣裙將她女神般的身材襯托得恰到好處，頭髮紮了個頗似紅色火焰的結，戴了朵白色的百合花，綠色的蘆葦葉交織著鬆散的線垂在脖子上。她再也沒有表現出興奮得顫抖的跡象，相反地，她顯得如此的冷靜以至於我感覺我的血液都凝固了，我的心在她的注視下慢慢變涼了。她慢慢地爬上大理石樓梯，有如王后般的莊嚴裏帶著種厭倦、懶散的感覺，任憑那寶貴的披肩滑落，冷冷地走進聚會的大廳內，那兒有幾百隻蠟燭燃燒著，已經形成了銀色的煙霧。

我目光呆滯地跟隨著她，我好幾次撿起不注意的時候從手中滑落的毛皮披肩，上面還帶著她的體溫。

我親吻著這毛皮披肩，忍不住流下了眼淚。

他已經到了。

他穿著黑色的天鵝絨外套，上面用許多的黑貂裝飾著。他像是一個英俊高傲的暴君，玩弄著人類的生命與靈魂。他站在接待室裏，驕傲地環視四周，然後目光落在我身上好長一段時間，令我很不安。

在他的注視下，我又有那種致命的恐懼。我預感這個男人能將汪妲俘虜、迷惑，最終征服她。相對於他的陽剛之氣，我覺得自己低人一等，心裏對他既羡慕又嫉妒。

我覺得我只不過是個行為怪異、軟弱無能的東西！而令我最感到羞愧的是，我想恨他卻恨不起來。為什麼在這裏這麼多僕人中，他卻偏偏選了我。

帶著獨特的貴族氣質，他朝我點了點頭，示意我過去，而我，只能違背自己的意願，順從地走過去。

72 哥爾多尼（Carlo Goldoni, 1707-1793），義大利劇作家。

「給我拿著我的毛皮。」他立刻命令道。

我整個身體都因怨恨而顫抖，但是我像個可憐的奴隸一樣照做了。

我一整晚都在接待室裏等著，像發燒了一樣胡言亂語。許多奇怪的影像在我眼前掠過。我彷彿看見他們互相對視，持續好久。我彷彿看見汪妲穿過大廳，投入他懷裏，沉醉於其中，眼睛半閉著靠在他胸前。我彷彿看見他躺在沙發上，不是奴隸而是做為主人，而汪妲就待在他腳邊。我跪著服侍著他們，手上搖搖晃晃地端著茶盤。我彷彿看見他拿起了鞭子。實際上，這時，僕人們都在討論著他。

他是個清秀得像女子的男人；他瞭解自己長得英俊，舉止也變得輕佻。他一天換四、五套衣服，像是朵虛榮的交際花一樣。

在巴黎，這個希臘人第一次穿著女裝，就惹得許多男人發來情書。甚至有一個因歌唱技藝和熱情而出名的義大利歌唱家闖入他家，跪在他面前，威脅說如果希臘人不跟他在一起，他便要自殺。

「對不起了，」他笑著回答，「我很願意成全你，但是現在你除了自殺別無選擇了，因為我是個男人。」

廳裏的人已經散了許多，但是汪妲還沒有離開的意思。天已經快濛濛亮了。

最後，我聽見她厚重的裙子發出的沙沙聲，拖在地上彷彿是綠色的波浪一般。她一步一步地靠近他，開始和他交談起來。

我在她眼裏不復存在，她已經不想再命令我些什麼了。

「為夫人穿上披風。」他命令道。他顯然沒有想過要親自為她穿上。

當我幫她穿上毛皮披風時，他兩手交叉站在一旁。但是當我跪著給她穿上毛皮靴子時，她的手輕輕地放在他肩膀上，問道：

「你對母獅做何感想？」

「當她選擇一起生活的公獅子被其他的獅子攻擊的時候，」這個希臘人繼續講下去，「母獅會靜靜地待在一邊觀看他們的戰鬥。甚至當她的配偶受傷時，她也不會過去幫忙的。她會無情地在一旁看著他在對手的爪子下流血至死，然後跟隨著勝利者而去——這就是女人的天性。」

此時，我的「母獅子」好奇地瞟了我一眼。

這令我不自覺地戰慄，不知道為什麼。黎明的太陽升起，我、她和他三個人沉浸在那彷如血色的陽光中。

她回去並沒有睡覺，而只是脫掉她的禮服，將頭髮散落下來，她命令我去生火，然後她坐在火爐旁，盯著火爐裏的火苗。

「主人，妳還需要我嗎？」我幾乎沒能說完最後一個字。

汪姐搖搖頭。

我退出房間，穿過走廊，坐在通向花園的臺階上，北風輕輕地從亞諾河上吹來，帶來清新又潮濕的清涼，綠色的小山延伸至遠處，籠罩在玫瑰色的迷霧中，金色的薄霧環繞著整個城市，飄蕩在多莫大教堂頂上。

淺藍色的天空中還顫抖著幾顆星星。

我解開外套，滾燙的前額靠在大理石階上。迄今為止發生的這一切對我來說只是場孩童的鬧劇，但是情況卻變得越來越可怕。

我預感到災難即將來臨，我已經能夠看到它，抓住它，但是我卻沒有勇氣面對它，我一點力氣都沒有了。老實說，我既不害怕我所受的痛苦和折磨，也不害怕所遭遇的虐待。

我只是害怕失去這個我瘋狂愛著的女人，這種感覺如此強烈，簡直要把我壓倒，以至於我像個小孩一樣開始哭泣。

這一整天，她把自己鎖在房間裏，只叫了黑人女僕進去。當夜幕降臨，星星在深藍色的天空中閃爍，我看見她走進花園，便偷偷地跟在她後面，保持著一定的距離，看見她走進維納斯神廟。我偷偷跟著，通過門縫窺探她。

她站在維納斯女神像前，雙手合十祈禱著，神聖的恒星發出愛的微光，藍色的光環繞著她。

深夜，我躺在床上，那害怕失去她的恐懼和絕望的感覺緊緊地將我的心揪住，這種感覺令我變得大膽。我點著掛在走廊聖徒畫像下的紅色小油燈，走進了汪妲的臥室，用手將燈光遮住。

這頭母獅子在白天已經被追趕得筋疲力盡，現在正靠在枕頭上睡覺。她平躺著，雙手緊握成拳狀，呼吸很沉重。她看上去像是在做惡夢。我慢慢地鬆開遮住燈光的手，讓這紅色的燈光照在她美麗的臉上。

但是，她沒有醒過來。

我輕輕地將油燈放在地上，坐在汪妲床邊，頭靠在她柔軟又溫暖的手臂上。

她輕輕地動了動，但還是沒有醒過來。我不知道在那兒待了多久，被恐懼的感覺折磨著，幾乎凍成了一塊石頭。

最後，我開始顫抖，我忍不住哭了出來。我的眼淚落到她手臂上。她縮了好幾次，終於醒了，坐了起來。她用手揉了揉眼睛，看著我。

「塞弗林！」她大叫，恐懼多過於憤怒。

我說不出話來。

「塞弗林，」她繼續柔聲地說，「你怎麼了嗎？病了嗎？」

她的聲音聽起來充滿同情，那麼善良，充滿了愛，我的胸口就像被一個紅彤彤的灼熱的鉗子夾住一般難受，大聲哭泣起來。

「塞弗林，」她又開始說起來，「我可憐的傷心的朋友。」她的手輕輕地摩挲著我的頭髮。「對不起，真的對不起，我幫不了你，我不知道這世界上還有什麼能將你治癒。」

「哦，汪妲，必須這樣嗎？」我痛苦的呻吟著。

「什麼，塞弗林？你在說什麼？」

「難道妳不再愛我了嗎？」我繼續說下去，「難道妳對我沒有一點的同情嗎？難道那個英俊的陌生人已經完全佔據妳的心了嗎？」

「我不能對你撒謊，」停了一會後，她輕輕地回答，「他對我有一種說不出的吸引力，這種吸引力壓過我從中所遭受的折磨和擔憂。這種吸引力原來我只在書中見過，在舞臺上看過，我原以為它只是一種想像虛構出來的感覺。哦，他像是一頭公獅子，強壯、英俊，並且溫柔，不像我們北方男子那麼殘酷。對不起，塞弗林，真的對不起，但我必須擁有他。我在說什麼呢？如果他要我的話，我會願意跟他在一起的。」

「想想妳的聲譽，汪妲，到此為止還那麼的純潔，」我大叫，「甚至我對妳來說已經不算什麼了嗎？」

「我正在考慮這個問題，」她回答道，「我的願望已經變得越來越強烈，我希望——」她把頭埋進枕頭裏，「我希望成為他的妻子——如果他願意娶我的話。」

「汪妲，」我哭喊著，被致命的恐懼牢牢揪住，不能呼吸，身上完全沒有任何感覺，「妳想成為他的妻子，永遠屬於他！噢！不要趕我走！他不愛妳——」

「誰說的？」她咆哮道。

「他真的不愛妳，」我激動地說下去，「但我愛妳，我仰慕妳，我是妳的奴隸，我願意讓妳踩在腳下。我這一生都願意陪伴在妳左右。」

「到底是誰說他不愛我的？」她猛然打斷我。

「是我！」我回答，「是我！沒有妳，我根本沒法活下去。妳發發慈悲吧，汪妲，發發慈悲吧！」

她看著我，臉上再次現出冷漠的表情和邪惡的笑容。

「你說他不愛我，」她輕蔑地說，「那麼好，你就把這當做是給自己的安慰吧。」說完，她轉向另一邊，背對著我。

「我的天啊，妳難道是個冷漠無情、沒有血肉的女人嗎？難道妳沒有心嗎？」我哭喊道，我的胸口一陣痙攣，抽搐著。

「你是知道我的，」她冷冷地回答我，「我是個石頭一樣的女人，『穿著毛皮的維納斯』，你的理想情人，跪下！向我乞求。」

「汪妲！」我乞求道，「對我發發慈悲吧！」

她開始笑了起來。我把臉埋在她的枕頭裏。痛苦已經打開了淚水的閘門，眼淚不停地肆意地流著。

接下來的一段時間我們都沒有說話，沉默著。汪妲慢慢地站起來。

「你真煩人！」她又開口說話了。

「汪妲！」

「我累了，我要去睡覺了。」

「發發慈悲吧，」我乞求道，「不要將我趕走。沒有人，沒有一個人會像我這麼愛妳。」

「讓我去睡覺。」她再次轉過身去。

我跳了起來，將掛在她床邊的匕首搶了下來，從刀鞘中抽出匕首，對著自己的胸膛。

「我該在妳面前自殺。」我苦澀地咕噥著。

「隨你的便，」汪姐冷漠地回答，「但是不要影響我睡覺。」她打著呵欠，「我真的很睏了。」

我完全呆掉了，站在那兒一動不動。然後我開始又笑又哭。接著，我把匕首插在皮帶上，跪到了她面前。

「汪姐，聽我說，就一會兒。」我懇求她。

「我想睡覺，你沒有聽到嗎？」她生氣地尖叫起來，用腳狠命地將我踢走，「你忘了我是你的主人了嗎？」看我一動不動，她抓起了鞭子抽打我。我站了起來，她繼續打我——這一鞭，打在了我臉上。

「可惡的奴隸！」

我緊握住拳頭，突然下定決心，離開了她的臥室。她將鞭子扔在一旁，大笑了起來。我可以想像到我誇張的表情有多麼的滑稽。

我下定決心要離開這個無情的女人，她對我那麼地殘忍，還要破壞我們之間的約定背叛我，這就是我對她奴隸般的崇拜的回報，這就是我忍受著她的折磨的回報。我收拾了我的那點家當，然後寫了封信給她：

夫人：

我愛妳愛到瘋狂的程度，沒有一個男人可以像我這樣受控於一個女人之下。而妳侮辱了我最神聖純潔的感情，和我玩了一場無禮輕佻的遊戲。然而，如果妳只是對我殘忍，我還可能仍然愛著妳。但現在妳變得低級、粗俗。我就不再是那個任妳打、任妳踢的奴隸了。是妳自己給了我自由，我現在要離開妳這個讓我只懷有怨恨和鄙視的女人。

塞弗林·庫什密斯基

我將信交給黑人女僕，然後逃得能有多快就有多快。我上氣不接下氣地到了火車站。突然我心中一陣疼痛，於是停了下來。我開始哭泣。我想逃離這裏卻走不了，真是太羞愧了。我該去哪裏呢？回到她那兒？這個我憎恨又愛慕的女人那兒？

我又停住了。我不能回去，不敢回去。

但現在我怎麼才能離開佛羅倫斯呢？我想起我沒有錢，一個子兒都沒有。那麼，步行好了，做一個誠實的乞丐總好過吃麵包的妓女。

但我還是不能離開。

她那兒還有我的誓言，還有我以名譽立下的聲明呢。我必須回去。也許她會放我走。

快走了幾步，我又停下了。

她擁有我的聲明和合同，只要她願意，我就必須一直做她的奴隸，直到她給我自由的那天。但是我可以自殺啊！

我穿過卡希納走到亞諾河邊。在這兒，黃色的河水單調地拍打著旁邊一排雜亂的柳樹。我坐在那兒，最後回憶一下過往的生活點滴。生活中的一幕幕場景在我眼前一一飛過。我發現我的生活是多麼可憐啊——歡樂那麼少，而無窮無盡的是那些無關痛癢和毫無價值的事情。在這些事情中只收穫了許多的痛苦、不幸、恐懼、失望、破滅的期待、苦惱、傷心和悲痛。

我想到了母親。我那麼地愛她，但卻不得不眼睜睜地看她在疾病中慢慢死去。我想到了我哥哥，還沒有嘗到生活的滋味，他就在風華正茂的年紀離我而去了。我想起那死去的保姆，我童年的玩伴，和我一起努力奮鬥一起學習的朋友。但他們——他們已經被冷冰冰的毫無生氣的泥土所掩埋了。我想起我的斑鳩，它經常咕咕地對我點頭，而對其他人卻從不這麼做。但他們都化為了塵埃。

我大笑著，跳入了河裏，但同時我也抓住了一條掛在黃色的河面上的柳樹枝。這時，我看見那個造成我現在所有不幸的女人。她遨遊在河面上，在陽光的照耀下，彷彿是個透明人，紅色的光亮環繞著她的頭和脖子。她轉過頭來衝我笑了。

我又回來了，渾身濕漉漉的，身上的水一直往下滴，因羞愧和發燒而渾身滾燙。黑人女僕已經將我的信遞給汪妲了。所以我等待著這個無情的憤怒的女人的判決。

那麼，就讓她來殺了我吧，雖然我自己下不了手，但是我也不想再活下去了。

當我繞著屋子走的時候，她站在走廊裏，斜靠著欄杆。她的臉上光彩照人，綠色的眼睛撲閃撲閃的。

「還活著呀？」她一動也不動地問。我低著頭，站著不說話。

「把我的匕首還給我，」她接著說下去，「它對你來說是沒有用的。你甚至沒有勇氣結束自己的生命。」

「已經丟了。」我回答到，因寒冷而瑟瑟發抖。

她瞥了我一眼，驕傲而輕蔑。

「我猜是掉到亞諾河裏了，」她聳聳肩，「不要緊的，那麼你為什麼不離開了？」

我咕噥著說了一些，她，甚至是我自己都不明白在說些什麼。

「哦！你沒有錢，」她大叫，「這兒！」她非常輕蔑地將錢包丟給我。

我並沒有揀起來。

我們倆僵持了一會兒。

「難道你現在不想離開了？」

「我不能離開。」

汪妲駕車到卡希納並沒有叫上我，去劇院的時候也沒有叫上我，她有客人來的時候，黑人女僕招待著。沒有人問起我。我在花園中流浪，漫無目的地，就像是寵物失去了主人。

我躺在灌木叢中，看著成群的麻雀，搶食一粒種子。

突然，我聽到女人裙子的沙沙聲。

是汪妲穿著的一件高領深色綢緞裙子所發出的聲音，那個希臘人跟她在一起。他們愉快地討論著，但我卻聽不清他們講的是什麼。他使勁跺腳，讓沙礫四濺，拿著鞭子在空中飛舞。汪妲驚呆了。

她擔心被他鞭打嗎？

他們交往得那麼深了嗎？

他離開的時候，汪妲叫他，但是他沒有聽見，也許是故意不想聽見。

汪妲難過地低著頭，然後坐在附近的石椅上。她坐了好長時間，陷入了沉思中。我得意地觀察著她，最後我猛地靠近她，輕蔑地走到她面前。她被嚇到了，渾身顫抖。

「我來向妳表示祝賀，」我說完，向她鞠了個躬，「我看見，我親愛的主人也找到了個主人。」

「是的，感謝上帝！」她大叫，「不是個新的奴隸，我已經有足夠多的奴隸了。一個主人！女人需要一個令她崇拜愛慕的主人。」

「汪妲，妳崇拜他？」我喊出來，「這個野蠻人——」

「是的，我愛他，我從來沒有這麼愛過一個人。」

「汪妲！」我握緊拳頭，淚水充滿眼眶，我內心交織著激情與瘋狂，「非常好，讓他做妳的丈夫，做妳的主人吧！但我還是想永遠做妳的奴隸。」

「甚至是這個時候，你還是想做我的奴隸？」她說，「這會是很有趣的，但是我擔心他不會允許這樣做的。」

「他？」

「是的，他已經嫉妒你了，」她大聲說道，「他嫉妒你！他要求我立即解雇你，當我告訴他你是誰的時候——」

「你告訴他——」我重複她的話，像是被雷電擊到了一樣呆住了。

「我將所有事情都告訴他了，」她答道，「我們所有的事情，還有你的古怪，所有一切！而他並沒有感到有意思，而是非常生氣，氣得直跺腳。」

「他威脅要鞭打妳嗎？」

汪姐看著地面，沉默不語。

「是的，一定是這樣，」我嘲諷又苦澀地說道，「汪姐，妳怕他！」我跪在她腳邊，激動地抱著她的膝蓋，「我不要得到妳的任何東西，我只想成為妳的奴隸，總在妳的身邊，成為妳身邊的一條狗——」

「你知道嗎，我已經對你厭倦了。」汪姐無情地說。

我跳了起來，整個內心在沸騰。

「妳現在不再殘酷，而是低俗了。」我清楚地強調著每一個字。

「你已經在信裏很清楚地說明了，」汪姐回答，聳了聳肩，「一個有頭腦的人不應該重複的。」

我脫口而出：「妳現在對待我的方式，妳怎麼說？」

「我可以懲罰你的，」她諷刺地說，「但是這次我更願意跟你解釋而不是鞭打你。你沒有權利指責我任何事情。難道我不是一直對你很誠實？難道我沒有不止一次地警告你？難道我沒有全身心地愛你，充滿激情地愛你？我曾經告訴過你，在我面前貶低你自己，說你受控於我是很危險的，而我想要的是被征服，我並沒有隱瞞過這些事實。但是你還是希望成為我的玩物、我的奴隸！你發現最令你興奮的是靠在一個傲慢冷酷的女人腳邊，受她鞭打。現在你還想知道些什麼？

「我體內危險的因素一直在沉睡狀態中，但你是第一個將它喚醒的人。如果我在折磨你、虐待你中獲得快樂，這也是你的錯。是你讓我變成今天這個樣子，你責怪我只是因為你怯懦、軟弱、悲慘。」

「是的，我有罪，」我說，「但是我也因此而受到懲罰。現在讓我們為這個野蠻的遊戲做一個了結吧。」

「這也是我的意願。」她用一種難以捉摸的眼神看著我，回答道。

「汪妲！」我猛地大叫出來，「不要逼我走上絕路，妳看我已經又是個男人了。」

「你就像稻草燒的火，」她回答，「一時能引起些騷動，但是很快會熄滅。你想像著能威脅我，卻只是令你自己更顯得可笑。如果你是我原先認為的那種人——認真、有內涵、嚴厲的男人，那麼我會對你忠誠，真心愛你，但是一個像你這樣主動將脖子伸給別人踩，她當然將你當做是個受歡迎的玩具，只是當她玩膩的時候，就會將你丟在一邊。」

「妳就試著將我踢開吧，」我諷刺地說，「有些玩具也是危險的。」

「不要向我挑戰！」汪妲嚷道。她氣得瞪大眼睛，滿臉通紅。

「如果妳不能成為我的，」我繼續說下去，聲音裏充滿了憤怒，「也沒有其他人能擁有妳。」

「這句話是哪部戲裏面的臺詞？」她嘲笑道，揪住我的胸膛，氣得臉色發白。「不要向我挑戰，」她接著說，「我並不殘酷，但我不知道我會變成什麼樣，是不是有什麼底線。」

「還有什麼比讓他成為妳的愛人、妳的丈夫更糟的呢？」我大叫，越來越憤怒了。

「我可以讓你成為『他』的奴隸，」她立刻回答道，「難道你不是在我的控制之下嗎？我不是還拿著你的合同嗎？但是，當然，如果我將你綁住，然後對他說『你可以做你想做的事情』，你將同樣享受在其中。」

「妳瘋了嗎？汪妲！」我大聲嚷道。

「我完全清醒。」她冷靜地說，「我最後一次警告你，不要試圖反抗。一個像我這樣走到今天這個地步，走得這麼遠的人，是很有可能走得更遠的。我心裏有些憎恨你，希望看著他將你鞭打得死去活來，那會很過癮，但我還是忍住沒有這麼做，不過——」

我幾乎喪失了理智！我抓住她的手腕，將她壓到地上，讓她跪在我面前。
「塞弗林！」她叫喊道，憤怒和恐懼交織在臉上。
「如果妳和他結婚，我就殺了妳。」我威脅道，從胸口蹦出來的這些話低沉又嘶啞，「妳是我的，我不要讓妳走，我太愛妳了。」然後我一把抓住她，緊緊抓住她，我的右手不自覺地抓起藏在皮帶下的匕首。
汪妲瞪著大眼睛，冷靜地深不可測地看著我。
「我喜歡你這個樣子，」她不經意地說，「現在你是個男人，在這一刻我真喜歡你的樣子。」
「汪妲，」我喜極而泣，低下頭，親吻著她可愛的臉龐，而她突然快樂地笑了起來，說道，「你已經找到你的理想情人了吧，那麼你對我滿意嗎？」
「妳的意思是？」我結結巴巴地說，「妳不是認真的吧？」
「我是非常認真的。」她歡快地繼續說，「我愛你，只愛你。而你這個小傻瓜，居然沒有注意到這一切只是個遊戲。讓我鞭打你是多麼為難的一件事呀！我寧願把你抱在懷裏，親吻你的臉。但是現在我們已經經歷的夠多了，不是嗎？我扮演的殘酷角色比你預想的還要出色。現在你一定很滿意我這個富有魅力的小妻子，不是嗎？我們將像理智的人一樣生活著——」

「妳願意嫁給我！」我歡呼起來。

「是的——嫁給你——這個可愛的男人。」汪妲輕聲地說，親吻著我的手。

我將她拉近我的胸前。

「現在，你不再是格列高、我的奴隸了。」她說道，「而是塞弗林，我唯一愛的男人——」

「那麼那個希臘人呢？妳不再愛他了嗎？」我興奮地問她。

「你怎麼會相信我愛上了他那種野蠻類型的男人呢？你真是瞎了眼了。我真為你擔心。」

「我幾乎為此而自殺。」

「真的？」她驚呼，「啊！我一想到你在亞諾河裏，就渾身顫抖。」

「但是妳救了我，」我溫柔地回答，「妳徘徊在河面上，微笑著。妳的微笑讓我重回人世來。」

當我將她抱在懷裏的時候，我有一種奇怪的感覺。現在她靜靜地靠在我胸前，微笑著讓我親吻。我感覺自己突然間從精神錯亂中清醒過來，或者是像遭遇海難，在海上與波浪搏鬥了好多天的人，最後終於安全上岸了。

「我討厭佛羅倫斯，在這裏你過得很不開心，」當我跟她道晚安的時候，她這麼說，「我想要馬上離開，明天就離開。請你為我寫幾封信，在你寫信的時候，我去城鎮上與他們道別。這樣安排你滿意嗎？」

「當然，我親愛的、美麗的妻子。」

★ ★ ★

今天一大早，她便來敲我的門，問我睡得好不好。她的善良體貼真是太棒了！我從來沒有想過她有這麼溫柔。

她已經去了四個小時了，我早就寫完了信，現在正坐在走廊，往街上張望，尋找她的馬車。我有點擔心她，但是我不知道究竟是該懷疑還是恐懼。但是，有種壓抑的感覺藏在心底，我沒有辦法擺脫它。也許過去那段遭受痛苦的日子，已經在我心裏留下了陰影。

她回來了，神采奕奕，非常滿意的樣子。

「那麼，一切都如妳所願？」我柔聲地問，親吻她的手。

「是的，親愛的，」她回答，「我們今晚就離開，幫我打包東西吧。」

快到傍晚的時候，她讓我親自到郵局一趟，把她的信寄了。我駕著她的馬車去，一個小時還不到就回來了。

「主人在叫你，」黑人女僕說完，咧開嘴笑了。我爬上寬闊的大理石臺階。

「還有其他人在嗎？」

「沒有了。」她回答道，像一頭黑色的貓蜷縮在臺階上。

我慢慢穿過客廳，走到汪妲的臥室前。

為什麼我的心跳得這麼厲害？難道我還不夠幸福？

我輕輕地打開門，掀開門簾。汪妲正靠在沙發上，好像沒有注意到我進來了。她看上去多麼漂亮啊，穿著銀灰色的裙子，正好合身，突出她完美的身材，豐滿的胸部和美麗的手臂都露了出來。

她的頭髮用一條黑色的天鵝絨絲帶紮了起來。火爐裏的火燒得很旺，懸掛著的油燈發出紅色的光芒，整個房間好像籠罩在血光之中。

「汪妲。」最後，我叫了她。

「噢！塞弗林，」她見到我高興地叫了起來，「我已經等你等得不耐煩了。」她跳了起來，緊緊抱住我。她又坐回墊子上，試圖再次抱住我，但是我輕輕地滑落到她腳邊，頭靠在她的大腿上。

「你知道我今天有多麼地愛你嗎？」她輕聲說，撥開我前額上的幾縷頭髮，親吻著我的眼睛。

「你的眼睛多麼美啊！我最喜歡你的眼睛了，它們今天真令我陶醉。我完全——」她舒展著美妙的四肢，從紅色的睫毛下溫柔地看著我。

「而你——你對我太冷淡了，你抱著我就像是抱著塊木頭一樣。等等，我要激起你愛的火花，」說完，她再次溫柔地親吻了我的唇。

「我不再討好你了，我猜想我必須再對你冷酷。很顯然，我今天對你太好了。你知道嗎，你這個小傻瓜，我該怎麼做呢，我該再鞭打鞭打你——」

「但是親愛的——」

「我想要嘛。」

「汪妲！」

「過來，讓我把你綁起來，」她高興地在房間裏跑來竄去，「我想看你真正沉醉在愛中，你明白嗎？這是繩子。我想知道是否我還能這麼做。」

她開始捆住我的腳，然後將手綁在背後，像綁犯人一樣捆住雙臂。

「試試，」她興高采烈地說，「你還能動嗎？」

「不行了。」

「好的——」

然後，她用一根結實的繩子做了個繩索，套住我的頭，然後拉到臀部上，她綁得很緊，我被結結實實地綁在柱子上。

在那一刻，有一種莫名的恐懼侵襲了我。

我低沉地說，「我有一種好像要被處決的感覺。」

「那麼，你今天就要經歷一場徹底的懲罰。」汪姐叫著。

「請穿上妳的毛皮外套。」我說。

「我很願意這麼做。」她回答完，便將外套穿上了。然後她站在我面前，雙手交叉在胸前，用半閉的眼睛看著我。

「你還記得那個狄奧尼修斯公牛的故事嗎？」她問道。

「我只有模糊的印象了，講的是什麼？」

「一個奉承者為錫臘庫扎的暴君發明了一種新的酷刑工具，叫鐵牛。那些死刑犯被關到鐵牛裏面，然後再推進一個火爐裏。

「當鐵牛開始變熱的時候，受刑者就開始痛苦地哭喊求饒，他的聲音聽起來像是公牛的叫喊聲。

「狄奧尼修斯對這個發明者優雅地點了點頭。為了給這個發明做個實驗，他便被關進鐵牛裏。

「這是個非常有教育意義的故事。

「是你挖掘了我的自私、驕傲和殘酷，而你——也將成為第一個試驗品。我現在享受著這種控制著一個像我一樣會思考、有感覺、有欲望的男人的感覺。我喜歡虐待一個智商比我高、身體比我壯的男人，尤其是這個男人還愛著我。

「你還愛我嗎？」

「愛到發瘋！」我大叫道。

「這樣最好，」她回答道，「你將會從我現在所要做的方式中享受到更多的樂趣。」

「妳怎麼了？」我問，「我不明白，今天妳的眼睛裏有著真正殘忍的光芒，妳今天出奇的漂亮，完全就是一個『穿毛皮的維納斯』。」

汪妲沒有回答我，她把雙臂繞在我脖子上，親吻著我。我再次被心裏的激情所圍繞著。

「鞭子在哪裏？」我問道。

汪妲大笑了起來，退後好幾步。

「你真的希望被鞭打？」她驕傲地甩了甩頭，問道。

「是的。」

突然汪妲的臉完全變了樣。她的臉上充滿了怒氣，那一刻，她看起來甚至很醜陋。

「非常好，那麼，『你』出來鞭打他！」她大聲嚷道。

在這時候，那個英俊的希臘人從她床後的門簾中探出頭來，他有著一頭黑色的捲髮。最初的時候，我驚呆了，根本說不出話來。這真是個滑稽的場面。我大笑起來，我從來沒有這麼淒慘過，這麼受侮辱過。

這種場面遠遠超出我的想像。當我的情敵從汪妲的床邊走過來，穿著馬靴，白色緊身的馬褲，還有天鵝絨短外套時，我還看見了他運動員般的肌肉，一陣寒意從後背竄了上來。

「妳真的很殘忍。」他轉過去跟汪妲說。

「我只是非常喜歡找樂子而已，」她幽默地回答，「只有快樂才能體現存在的意義。享受生活的人很難離開生活的圈子，而遭受痛苦的人則像是歡迎朋友一樣歡迎死亡的到來。

「但是，一個追求快樂的人必須快樂地生活，就像古代時候一樣；他敢於把快樂建立在別人的痛苦之上，他從來都不為此覺得抱歉，他必須像套動物一樣將其他人套在馬車或是犁上。他必須知道如何使奴隸感受並享受和他一樣的感覺，利用奴隸為他服務或做為取樂的工具，卻絲毫沒有良心上的不安。不管奴隸是否喜歡，是否走向絞刑架或者走向死亡，都不關他的事。他必須牢記：如果奴隸擁有跟他一樣的權力，那麼他的下場也會跟他們一模一樣，必須流血流汗，甚至出賣靈魂來交換奴隸的快樂。這就是古代世界的寫照：快樂、殘忍、自由、奴役總在交替著。如果你希望像奧林帕斯山上的諸神那麼活著的話，就必須有奴隸，任他們隨意扔入魚塘，或成為競技場上的格鬥士，在宴請賓客時，觀看殘忍的比賽，並且不介意是否會在宴會上看到血光四濺。」

她的話語讓我的神志清醒了。

「給我鬆綁！」我生氣地尖叫道。

「難道你不是我的奴隸，我的私有財產嗎？」汪妲回答說，「你想讓我給你看看合同嗎？」

「給我鬆綁！」我威脅道，「否則——」我用力拉扯著繩子。

「他能扯開嗎？」她問道，「他威脅要殺我。」

「不用擔心。」希臘人扯了扯繩子的鬆緊，說道。

「我會喊救命的。」我又開口威脅。

「沒人會聽見的，」汪妲回答，「沒有人能夠阻止我虐待你最聖潔的感情，和你玩一場輕佻的遊戲。」汪妲用魔鬼般諷刺的口吻說著我信上的語句。

「此時，你覺得我僅僅是殘酷無情還是我變得低俗了？什麼？你還愛著我嗎？還是已經恨我、鄙視我了？鞭子在這兒——」她將鞭子遞給希臘人，那個希臘人快步走來。

「你敢！」我大叫，渾身憤怒地顫抖著，「我不允許——」

「噢！因為我沒有穿毛皮嗎？」希臘人嘲笑我，他從床上拿起短的貂皮外套穿上。

「你真是令人敬佩。」汪妲吻著他，幫他穿上他的毛皮衣服。

「我真的可以鞭打他嗎？」他問。

「你儘管打。」汪妲說道。

「禽獸！」我大叫著反抗。

這個希臘人用冷冷的老虎式的眼神注視著我，試了試鞭子。在他收回鞭子的時候，手臂上的肌肉鼓了起來，鞭子在空中嘶嘶作響。我像馬西亞斯一樣被綁著，等著阿波羅的鞭打。

我的眼睛環顧四周，然後停在天花板上，畫裏參孫躺在黛利拉腳下，眼睛就要被菲利斯人弄瞎了。在當時，這幅畫對我來說就是個象徵，一個有關激情與欲望的象徵，一個男人和女人之間的愛的象徵。「每個人最後都會變成參孫，」我想，「不論是好是壞，無論穿著普通衣裳還是貂皮外套，最終都會被他所愛的女人背叛的。」

「現在看我怎麼收拾他。」希臘人說，他齜牙咧嘴，臉上顯現出一種殘忍的表情，就是第一次見到他時讓我恐懼的那種表情。

他開始揮動著鞭子，那麼無情，那麼兇狠，每抽一下我都顫抖著，而且整個身體因為疼痛而戰慄。眼淚忍不住流了下來。同時，汪妲穿著毛皮外套，靠在沙發上，用手撐著身體。她好奇地看著這殘忍的場景，縱情大笑。

被勝利的情敵在自己愛慕的女人面前鞭打，這種被虐待的感覺真不知該如何形容。我幾乎羞愧絕望得快要瘋了。

而最令我感到羞愧的是，儘管我的處境非常令人恐懼——阿波羅還在鞭打我，我的維納斯在殘忍地嘲笑我，最初我還是感覺到了一種超越感覺的美妙。但是阿波羅一下接一下地鞭打我，直到我忘卻所有的詩意，最後我咬緊牙關，充滿憤怒，詛咒著我那瘋狂的想像，詛咒著女人，詛咒著愛情。

突然我清楚恐怖地意識到，自從赫諾芬尼和阿伽門農[73]時代開始，盲目的激情和欲望就將人們引向一條黑暗的小路中，引入女人背叛的陷阱中，引向不幸、奴役和死亡。

我彷彿是從一場夢中驚醒過來。

血順著鞭子流了下來。我像是一條任人踐踏的蟲子一樣受傷，但他還是鞭打著我，毫無仁慈可言，她也毫不同情地繼續笑著。那個時候，她甚至去鎖上打包好的行李，穿好她旅行時穿的毛皮，並且還在大笑。然後她挽著希臘人的手臂走下樓，進了馬車。

之後的一刻，周圍一切都是安靜的。

我屏息傾聽著。

馬車門關上了，馬兒開始跑了，開始的一小段時間還聽得到車輪滾動的聲音，後來什麼都沒有了——什麼都結束了。

有一刻，我想著要報仇，將他殺死，但是我還受著那可惡的合同制約呢。所以我除了信守諾言和咬緊牙關，別無他法。

★　★　★

73 阿伽門農（Agamemnon），希臘神話中的邁錫尼王。因弟媳海倫被特洛伊王子帕里斯誘走，組織希臘聯軍遠征特洛伊。出征期間，其妻與人私通。他勝利歸來遭妻子殺害，其子俄瑞斯忒斯又殺母為父報仇。

在經歷了我人生中最殘忍的事之後，我的第一個願望就是找一份難度較大、有危險性、剝奪感的工作。我本來想去亞洲或者阿爾及利亞當兵，但是我父親年老體弱，他需要我回去幫他。

所以我悄悄地回家，兩年中都在幫他承擔壓力，學習怎麼照看管理田產，這是我以前從沒做過的。我工作著，盡自己的義務，就像是一條進了新鮮水裏而復活的魚兒。後來，我的父親去世了，我繼承了他的家業，但這對我並不意味著什麼變化。

我穿上了西班牙式的靴子，繼續理性地生活著，彷彿有個老人站在我身後，睜著睿智的大眼睛注視著我。

有一天，我收到個盒子，裏面有封信。我認出那是汪妲的筆跡。

我莫名地被感動了，打開信，讀了起來。

先生——

自從佛羅倫斯的那晚分別以後，現在已經三年過去了，我認為應該向你坦白，我是深深地愛著你的。但是你那些怪異的夢想，你荒唐的激情把我對你的愛給扼殺了。從你成為我奴隸的那一刻起，我就知道你永遠都不可能成為我的丈夫。我認為幫你一起實現你的夢想是一件很有趣的事情，在執行的過程中我也享受到了樂趣，然而我還有一個美好的願望，就是希望這樣將你治癒。

我找到了我所需要的強壯的男人，和他在一起我非常的幸福，我想每個人都能找到自己的伴侶。

但是所有事情都會有終結的時候，我的幸福也很快就走到盡頭了。大約一年前他在一次決鬥中倒下，從此以後，我就住在巴黎，過著像阿斯帕西婭一樣的生活。

你現在過得怎麼樣？如果沒有被幻想所控制，你的生活應該會充滿陽光，你擁有許多優點，正是這些優點吸引著我：條理清晰，心地善良，還有最重要的一點是，道德認真嚴肅。

希望我的鞭打將你治癒了，這種治療方式雖然殘忍，但卻很有效，你會記得曾有一個女人深深地愛過你，我把那個可憐的德國人畫的肖像送給你。

穿毛皮的維納斯

我不得不笑了，因為我完全陷入沉思的時候，這個穿著裝飾了貂皮的天鵝絨夾克的漂亮女人突然站到我面前，手裏還拿著鞭子。我衝著這個我深愛過的女人微笑，她的毛皮大衣曾給我帶來愉悅，她的鞭子也是。最後，我在自己的傷痛面前微笑，我對自己說：「治療方法雖然殘忍，但是很有效果。關鍵是，我痊癒了。」

「那麼，故事的寓意是什麼？」我問塞弗林，把草稿放到桌上。

「寓意就是我像頭蠢驢一樣笨。」他嚷道，並沒有轉向我，他似乎很尷尬，「如果我鞭打她就好了。」

「這倒是一種有趣的辦法。」我回答，「你可以用在你的農奴姑娘身上。」

「哦，她們已經習慣了。」他急切地答道，「但是想像一下在嬌弱、精神緊張、情緒激動的女士身上使用會有什麼效果。」

「那麼寓意是什麼？」

「女人，就像大自然創造了她們，男人生來教育她，是男人的敵人。她只能成為他的奴隸或暴君，但不會成為他的伴侶。只有當她與男人有相同的權利，在教育和工作中相互平等的時候才能成為伴侶。

「現在，我們只有選擇做鐵錘或是鐵砧。而我就是那種讓女人把他當奴隸的蠢驢。你明白嗎？

「故事的寓意是這樣的：不管誰願意讓別人鞭打，那麼他就真的值得別人鞭打。

★
★
★

「正如你看見的，這些鞭打很適合我。玫瑰色的迷霧已經散去，沒有人令我相信『貝拿勒斯神聖的猴子』[74]或者『柏拉圖的公雞』[75]就是神的化身。」

74 叔本華用來形容女人的一個稱呼。

75 柏拉圖曾將人定義為「長著兩條腿的沒有羽毛的動物」，於是狄奧根尼（Diogenes）提著一隻拔了毛的雞來到柏拉圖學院門口，高呼：「這就是柏拉圖所定義的人。」

國家圖書館出版品預行編目資料

穿毛皮的維納斯 ／ 利奧波德・馮・薩克-馬索克著；
康明華譯. -- 初版 -- 新北市 ： 十色出版 ；
臺中市：晨星發行, 2011. 07
面； 公分. --
譯自：Venus in furs
ISBN 978-986-87354-0-8(平裝)

882.257 100011107

作　　者／利奧波德・馮・薩克-馬索克
譯　　者／康明華
總 編 輯／林獻瑞
封面設計／Innate Design
內文排版／林鳳鳳

出 版 者／十色出版事業有限公司
231新北市新店區北新路三段82號11樓之4
電話：02-8914-5574　傳真：02-2910-6348
負 責 人／陳銘民
發 行 所／晨星出版有限公司
台中市407工業區30路1號
電話：04-2359-5820　傳真：04-2359-7123
E-mail：service@morningstar.com.tw
http://www.morningstar.com.tw
郵政劃撥／15060393　戶名：知己圖書股份有限公司
法律顧問／甘龍強律師

總 經 銷／知己圖書股份有限公司
（台北公司）台北市106羅斯福路二段95號4樓之3
電話：02-2367-2044　傳真：02-2363-5741
（台中公司）台中市407工業區30路1號
電話：04-2359-5819　傳真：04-2359-7123

承　　製／知己圖書股份有限公司　電話：04-23581803
初　　版／2011年07月01日
定　　價／ 250元

ISBN 978-986-87354-0-8